從此，
不再
勉強自己

Contents

目錄

目錄

都是一塊無字碑

跌跤是功課，爬起來也是；經驗是成長，教訓也是；勳章是榮光，而巴掌或許也是；疤痕並不美，但必須值得。

無論如何，帖子，都是警鐘。

剛開始以自己的名字收帖子，是同輩們的喜帖。

不到二十歲，就收到國中同學的帖子。在我長大的小鎮，二十歲算早婚，但也還沒早到太驚人。

我記得大學二年級時的暑假，開唯一一次的同學會，那一位班上最乖巧的女同學，已經帶著兩個小孩前來，大的那個已經蹦蹦跳跳了。

出社會後，進入了抱怨「薪水還來不及付紅包」的階段，喜帖一張一張飛過來。辦婚禮的人都興高采烈，還找不到理想的伴可以結婚的，心裡難免有怨氣：爲什麼就我一個人那麼淒涼，那個「對的人」到底在哪裡？

然後，很快地，第一張白帖，在前中年之前一定翩然而至。

剛開始，是好友的父母，親戚的父執輩。

然後，長輩的狀況越來越多。如果白帖是死神送來的警鐘的話，到了中年之後，這些連續的刺耳聲響，已經讓我們疲憊、習慣到不再驚慌的地

步。最刺痛的那一聲來自最親近的人。

我們終究會讓自己明白，這是逃不了的，再怎麼一生平順。

緊接著，另外那種的「第一張」白帖，才眞的狠狠地扎了我們的心一下。

它竟然來自與自己同年齡的人。

出於事故，或出於疾病。當我們還在爲現實生活的種種憂煩時，他悄悄地先行離去，不再困擾了。

有的白帖並沒有具體寄來，但聽一次唏噓一回。

人生邁入下半段之後的同學會，每一次，都會聽到各式各樣的故事：

有人告訴我，高中時那個田徑社裡最高䠷亮麗的女孩，訂婚後的第二天，在美國加州發生了車禍，再也聽不到情人的嘆息。

大學時那個笑聲爽朗的隔壁班同學，在歐洲念博士時，某一天發現自己站不起來，一檢查，原來是骨癌，從此沒能再行走，久久沉睡在異鄉。

念研究所的學長，不過四十二歲，某上市公司財務長，有一回加班晚歸，泡了個澡，過勞的他被發現時已無氣息……

就算我們想要跳過這些故事，不想聽見那一步一步逼緊的警鈴聲，我們都無法忽略：人生，譬如朝露，去日苦多，而憂思難忘。

而中年的我們，多數無法宣洩也無法來得及思考，仍被忙碌與疲倦困住。

有一天我忽然悟到：其實告別並不可怕。

可怕的是有一天我們要想念我們的記憶。

有部得到奧斯卡女主角獎的電影叫《我想念我自己》，說的就是一個明明很聰明的女人，什麼幸福都有，卻要面對自己漸漸失去記憶的故事。

幾個朋友都說，那是一部恐怖片。

因爲我們已經開始：忽然會忘記自己剛剛在找什麼？明明要自己記得什麼，如果沒有寫下來，就會變得絞盡腦汁也無可追憶；明明記得自己把它收起來，卻翻箱倒櫃找不到那個東西？更嚴重一點的是，出門忘了自己開著瓦斯在煮水之類……

不管我們企圖裝得多麼年輕，而所謂醫美和回春科技如何進步，我們身體中某些過去不被視爲重要的功能已漸漸消失，直到它離去我們才發現它還眞的很可貴，也只有在它們逐漸遠離之後，我們才想到要再珍惜一會兒。

我不想只強調失去。

失去是必然，強調，未必有意義。

在逐漸失去中我們也逐漸得到。

失去的東西或許很具體，而得到的東西或許很抽象。

＊＊＊

最近，與我共事過的一個女生，前往日本求學，她在互通的通訊軟體上PO文：二十五歲，祝我自己生日快樂！感慨良多！雖然我老了一歲，但感謝這一年所獲得的一切！

這一年，她離開了工作和男友，一個人到日本求學，我常常看到她的活動紀錄。這是她眞正離家生活的第一年，一個人在異地打工；有時很想念男友，有時很想念臺灣小吃，有時自顧自說著：前途茫茫，只有自己爲自己加油之類的話語。

身爲一個「奮鬥過來的長輩」，我常會在她沮喪時留些話，有時鼓勵她，「你好棒！」，有時在她沮喪時砥礪她，「喂！拜託有點出息……」

我悄悄在她的臉書上留言：生日快樂！我感慨也良多。眞羨慕你的二十五歲，雖然，我一點也不想活回去……

＊＊＊

年輕當然好，但是活回去，想來就累。

二十五歲的時候，我自以爲什麼都知道，其實很無知。雖然很努力，但一直在掙扎，不知道自己會成爲什麼樣的人，該做什麼工作；我的驕傲裡頭藏著一些自卑，我的自信裡藏著好多茫然，我既反抗卻又想要討好許多規範，擁有很多青春卻不知道自己該怎麼花用……

我是個很早就在想「這輩子到底是要來完成些什麼」的人，不過，中年以後細數來，自以爲聰明，也滿愛裝作聰明的我，在二十歲和三十歲間，做的蠢事還眞多，幾乎所有人生的重大決策都沒對過。在感情上也飄移浮沉不定，其實每個選擇都不曾讓我快樂。

二十多歲時的我，在跟自己晴時多雲偶陣雨的個性抗爭，倔強，叛逆但並不堅定和堅強。

是的，我眞的不願意回去了，如果要我的腦袋回到那時的混沌和糊塗。就算當時有張沒有皺紋的臉，沒有肥肉的身材。

但是話說回來，現在的我，就算沒有讓自己太滿意，至少，千錘百鍊後比較堅定成熟。現在的我是由許多舊日的錯誤決策改正又改正後的、一個還可以接受的版本。

那些錯過的路還是有意義，雖然……有的意義不大，付出的代價很多。

如果把人生看做是一段旅行，我們的人生還真的找不到ＧＰＳ。就算當時曾經有人明確給你地圖，也可能在後來發現他根本指錯路。

我唯一可以慶幸的是，走錯的路，跌過的跤都是我自己搞的，我招惹的，怨不了別人。

跌跤是功課，爬起來也是；經驗是成長，教訓也是；勳章是榮光，而巴掌或許也是；疤痕並不美，但必須值得。

＊＊＊

大概在十歲之前就開始用自己模糊的小腦袋想：「這輩子到底是要來完成些什麼？」的我，如今再問自己這個問題：這輩子，你到底是要來完成些什麼？

我的回答會比二十多歲時沒出息些。

就是：「該做的，以我能力可以做的，我都做了；日後還將盡力用自己的方式活著，還是做不到的，就算了。」

還做著自己可以期許自己的事情。

中年之後最好的權利就是，可以不要再聽任何「長輩」的期許。長輩，我就是；那些比我們年長的長輩不多，再有控制欲也要應付自己的衰頹，不能再當軍師。

一個人究竟能做到什麼呢？

想來其實，很少。如果能活得有點顏色，那也是因爲你做著自己想做的事情。不管你想做變數，還是做常數。

不管你做多少活，覺得自己多偉大，是非功過，都不是你可以下定論的。

怎麼說呢？讓我們想想中國歷史上所有女性中最大的一個變數吧，比如武則天。（這個聯想是因爲最近看完連續劇《武媚娘傳奇》。）念研究所時上唐代文學，碰巧專程爲她寫過「新舊唐書關於武則天記載」的研究報告，《新唐書》比《舊唐書》多說了她許多壞話，比如，加了她自己弄死女兒來陷害王皇后之類。

她統治過一個廣大王朝五十年，她睥睨了所有男人的聰明才智，壓倒了所有女人的心機鬥爭，她對傳統的看法不屑一顧……六十多歲後，她當了皇帝，在那個封建時代裡，完全是個前無古人後無來者的、只要得到了一分權利就實踐自己夢想的大大驚嘆號，在古代的女人裡絕對算是「外星人」等級。

去世後，不過留下一個無字碑。無字碑，很有意思，姑且不論歷史學家怎麼推論，最可愛的一個解釋就是：

「我不想自己說些什麼了，反正你們會一直說我，管你們怎麼說我，我根本不在乎，本人這一輩子的是非功過，隨便你們衆說紛紜，去、去……」

我喜歡這個解釋。

其實所有人一生的碑銘，不管上面刻多少字、寫得多誇張，都是一面無字碑。你有你的觀點，別人自有別人的看法。

你還管那麼多人說你？其實你並不重要，再顯達也不過是別人嘴裡的巷議街談一條。

＊＊＊

她已是歷史中如跨年煙火般的絢爛人物，我們，再亮眼也是小沖天炮一支。

那——這輩子到底要完成什麼？

中年之後，我還是偶爾會想想這個問題。心裡很明白，看似我完成了很多，其實完成的很少。所完成的事都沒什麼太了不起的，再怎麼燃燒自己，也是無月之夜中一點微小螢火，轉眼熄了。

我最近比較容易爲小事而感動。

來說說一位八十歲左右的老先生吧。他出現在我常出現的地方，我看他看了一年多。看過他很多次了，在我家裡附近小學練跑的操場上。

他一跛一跛拄著杖往前，和我一樣繞圈子。走得很吃力，看這光景，我馬上明白，他應該在不久前中風過，有一條腿不太能動。

他一個人在復健。

走累了，他會在司令台旁的階梯坐下，聽廣播。老人家耳背，廣播開得很大聲，聽得出主持人說話腔調和本地大不同，應該是北京中央電台的廣播節目。

光憑這一點，大致可以推算，他應該是當年來臺的老兵，已在本地落地生根，娛樂是聽聽老家來的聲音。他這一生，兵荒馬亂的艱苦應該少不了。

他只是一個很常見的孤獨老人，不同的是，他就是不肯讓自己被中風一路摧枯拉朽地擊潰，他還想要回復「靠自己」的功能。

我偶爾才在那個操場練跑，每次都看到這位老伯伯，可見他幾乎每晚都在那兒走。

某一天，奔跑的我忽然仔細打量起慢慢走在前頭的他，我注意到，他，眞

的變好了，雖然還是拄著枴杖，但是，那佝僂的樣子不見了。

也不再有一跛一跛吃力的感覺。

速度似乎也快多了，不會讓人馬上聯想到「中風」二字。

這個背影讓我自顧自地感動起來：

不管他在什麼年紀，他還在奮鬥些什麼，還想讓自己過得好一點。

不爲什麼偉大目標，只是努力做好自己。

人生到底要完成什麼？

完成什麼已不重要，不是自己所能強求，所能定義。

但不容自己被絕望捕獲，只變成一個哀怨的命運囚徒。

是的，人到中年後，無法侈言偉大夢想，但仍可期許短暫光亮，至少還能感覺得到，在此一步一步生理狀況走下坡之際，某種內在靈魂還在發光。還在Do My Best！

不想要倒下來，還想要往前走，平凡的路也動人。

我們以為自己擁有的很多東西，只是借來用而已；我們所有的私人存摺只有記憶，有意義的，只是那些走過的路，錯路，對路。

人到中年，何其有幸，可以盡其在我，耐心地，聽著自己的聲音按著自己的方式走下去。

且行且努力，且行且珍惜。

落魄鳳凰也如雞——想法子求生就是美德

求生是一種美學。若是正業，就沒什麼見不得人，就不要管別人怎麼說！付出勞力，賺取應得的報酬，就是美德。

人生不會是「我的志願」裡寫的，那種簡單的夢想直達車。不過，也許歧路更精采。

像我這樣的人，會進入演藝圈，是非常奇妙的機緣，因爲這實在不是我的志願。當明星，我沒有過人的資質。說學逗唱，從小不會；講話也不太婉轉，幾乎到達「我眞的認爲、我才能說」，漂亮的公關話也學不多……然後，來到這個行業謀生超過二十年，雖未戀棧，卻也未離開，眞是一件連我自己也不解的事情。

你問我喜不喜歡這個圈子？

我的確喜歡。雖然有人表裡實在不一：就是有些人在螢幕上非常有觀眾緣，私底下卻是各台工作人員覺得最難搞最刻薄的人物；有些人滿口道德熱衷說教，但自己的私生活就全無是非；有人滿臉陪笑，但永遠遲到……但是大多數人都性情天眞，都在想如何表現出自己的吸引力。

這圈子並不好待，要進行，外貌是入場券，但絕不是通行證。不管你在何種狀況，只要光一打，人人都必須笑臉迎人；不管是不是苦笑，或者，強顏歡笑。當然，眞心喜歡自己工作並且站在順風處時，也可以開懷大笑。

開懷大笑完，遇到逆風呢？

往往就是忍受嘲笑。

高峰與低谷，比正常人生擺幅大得多。心臟要夠強，抗壓力要夠硬。就算處在「天下皆欲殺」的下風處，還是要想著如何「逆轉勝」。

能承受者才能長期生存。

這一行眞是「每個歡笑的背後，都有個咬著牙的堅忍靈魂」。

＊＊＊

不管身處哪個圈子，我們從小就被期待，自己也期待將來有一份風光。可以謀生，而且風光。

在這個圈子看盡各種起落，我對「風光」的看法已與少年時候不同。

還在同一個屋簷下，我不好非議本地任何人是非，我拿這兩位港姐明星的眞實故事來說。

以下都是眞實人生。

有一位港姐，在演藝圈十八年，一直都當配角，戲有一搭沒一搭，常領的是電視台的基本薪水，十八年後她受不了這要明不明要暗不暗的日子，乾脆開起魚蛋店。在路邊租個小店面親自賣魚蛋和滷串，從早晨忙到半夜，她說：沒什麼見不得人的，光鮮又不能當飯吃，靠自己謀生，日子過得充實。

另一位，曾是港姐冠軍，演藝生涯也曾風光無限，但因年紀漸長，未婚生女後，沒有什麼工作機會，只好到中國各大夜總會擔任主持，還要見縫插針推銷啤酒，記者嘲笑她淪爲酒促小姐。她說，房貸與女兒的教育費才藝費，每個月幾十萬開銷。

新聞標題下得都不好聽，記者的寫法，就是要人們看了這樣的新聞，想的是：「呵，你昔日如此美豔，也有這麼蒼涼的一天。」但我對她們如此堅韌求生，卻是由衷敬佩。

我的想法是：明星可以是生存之道，賣魚蛋和賣啤酒，也是生存之道，沒有誰比較高貴的問題。做得道地最重要。

我唯一有意見的，是爲每月的「幾十萬開銷」嘆息，就算是在香港，單親媽媽養個女兒，哪裡要那麼多錢？與其「什麼都給她最好的」，不如讓她共體時艱，讓她看見媽媽爲了生活那麼努力，別自己苦個半死，卻將孩子的眼矇在糖裡。生活是最好的教材，適應環境是最好的訓練，打腫臉充胖子，可惜。

豪宅可以賣掉換小，孩子也可由貴族私校轉公校。好孩子終究還會是好孩子。重要的始終不是身分地位，而是性格。

賣魚蛋賣啤酒，是想要擁有主動工作權，不想再等。等，是一個把人往下拉的焦慮漩渦，等到生命變成一抹不確定也不實際的煙痕。

誰不期待著一堵「進可攻，退可守」的好門？誰不要扎扎實實的存在感？

所有拿人薪水的上班族，都想。人們想學投資，想考證照，想另有一技之長，不也都爲尋求著某種謀生的出路？

話說港姐，是躋身港星與進入豪門的最佳階梯。如果沒有在這兩條路上發著光，常會被人嘲笑爲「落魄鳳凰不如雞」。

但如果一直在意這種所謂的「別人眼中的你的尊嚴」，那麼，恐怕一輩子都要戴著一個似笑非笑的假面。

若已時不我予，若已繁華落盡，端著一個空架子，自以爲體面，別人也看得出其中的虛無。

求生是一種美學。若是正業，就沒什麼見不得人，就不要管別人怎麼說！付出勞力，賺取應得的報酬，就是美德。

我最不想失去的權利，是一種：我可以選擇的主動權。沒有什麼臉放不下來的問題。

我嘗試過一些「離開風光的考驗」。比如幾年前剛開餐廳時，因爲缺人，自己在周日必須站著烤八小時的鬆餅，忙得沒時間吃飯（好處是瘦了）。我媽的朋友很難過地說：「眞不想看著你從才女變下女。」呵呵，其實，我非常興奮，只要能做「不算我專長的事」，我都有一種難以掩飾的興奮。烤鬆餅並沒有比寫文章或做節目不快樂，還可以即時看見別人滿足的表情。這是我到現在越來越喜歡煮菜的原因，那種心情是「我看到我可以為你做些什麼，而你也喜歡我做的」。

我最不愛聽到的話是「你不怕別人怎麼看你？」的類似規勸。請仔細觀察，這種話，通常發自那些很愛人云亦云的人嘴裡。

他們一輩子按照別人的價值觀活著，沒有火花，不愛起伏，怕未知，也怕你離開他們已經為你設定好的單一形象。

我總會提醒，我的人生，用女性平均年齡來算，已過了一大半，或五分之三；是的，我覺得人生中最無聊的事，就是一直在意著誰誰誰怎麼說，特別是那些你根本不認識，在你生命中無足輕重的路過者。

你是誰？我為什麼要在意你怎麼說？我們的感覺只能自己領會，我們的苦樂只能自己品嘗。

日子踏實，心裡充實，人才會自在。

＊＊＊

我從少年時候就很喜歡王維的兩句詩：「行到水窮處，坐看雲起時。」

沒有人生歷練的時候，只是覺得這兩句詩的抑揚頓挫很美。

活到中年後，這兩句話忽然在心裡又甦醒了過來。

遇到挫折時是很好的鎮定劑。

當你覺得走到某一條路的盡頭時，好像把路走完了，這時不妨靜心以待，人生或許會看到另外的壯闊風景。

不管做什麼，都是人生經驗。

如果你不要在意別人的眼光，人生經驗，只要是努力過的求生過程，都有苦有樂，無貴無賤，都有尊嚴。

我記得以前看過的一個戰爭故事。一個母親不得已，在戰亂中爲了孩子能生存，狠心把他交給陌生人帶走，咬著牙對孩子說：「孩子啊，記住，要活下去！最重要的是，要活下去！」

活下去，是卑微又偉大的願望，在每一個時代裡。

活下去，然後努力活得好。

別在意別人如何看你，只要你在意自己。

感覺自己活著。依照自己的指令活著。

揮別迷宮老鼠的焦慮

只要實在地做，將你的虛化為實，亂變成定，忽然之間，就會找到打開沉重門扉的鑰匙。

很多人看到所謂的「作家」，都會以爲，這種人應該活在想像的世界裡，和現實世界有一層透明薄膜隔著，不食人間煙火之類。

我也曾經以爲。

從這一點來看，雖然晴耕雨讀這麼多年，我始終不是一個眞正的作家。

不是，也很好。

人本來就不應該被一種頭銜監禁。

＊＊＊

生命中最有趣味的事情，就是發現自己其實還有別的可能。其實，可以不必按照原來的軌道那樣千篇一律地活下去。

「我覺得我不應該每天掛在電腦上。」有一天，二十五歲的廣播節目企製對我說：「我覺得我應該花時間在別的地方才對。」

「那麼，你想做什麼？」我問。

「我想我應該多花點時間想想人生問題。」她說。

「嗯，我覺得這也不對。」我隨口說。

「爲什麼？不想也不對，想也不對？」

「不是這樣的，而是花大把時間想人生問題也是種浪費。一個還在徘徊的腦袋，思考迴路是封閉的，是想不了人生問題的。你聽過一句話嗎：人類一思考，上帝就發笑？」

「那就是要我們不要想嗎？」

「不是，而是不要想太多。如果我們的腦袋開發有限，比如說，不到百分之一的話，我們自己的腦袋就是一個迷宮，你越想，越會變成一隻焦慮的迷宮老鼠。」

感謝盧貝松導演，拍了一部腦袋不小心開發了百分之百的科幻片《露西》，讓解釋這件事情變得容易。

「我懂了。但想也沒用，不想也不行，要怎麼做？」

「我自己的做法是，面對很大的困惑或人生瓶頸時，如果已經想出了最佳方案，那麼就去做，不要去想做得到做不到的問題；就算做不到，我也不會是一隻在小迷宮裡又著急又徬徨的老鼠。就算最佳方法是錯誤的，至少我們也試過了，可以長一些智慧。」我說。

「如果怎麼想也想不到什麼最佳方案的話，那麼你就去問那行業裡看來比你聰明或應付過難搞關卡的人，如果連那樣的人也找不到……或許那件事情根本不是你現在可以解決的，那麼，與其耗很多時間光想，或問那些比你更徬徨者的意見……你不如讓自己的腦袋離開那些問題，去做一些小事。」

一些看來好像沒有那麼相關的事情，卻可以身體力行，讓你不再覺得那麼虛渺的事情。即使是看來風馬牛不相干的事情，或天外飛來一筆的事情，只要實在地做，將你的虛化爲實，亂變成定，忽然之間，就會找到打開沉重門扉的鑰匙。

總是這樣的。

舉個簡單的例子來說，就像失戀了之後去旅行，忽然想開了：那個人其實沒那麼好，對自己的生命來說，或許不是陽光而是烏雲。

其實是因爲，你眞心想要想開，想脫離一下原來的軌道。你就不再是一隻受困於迷宮的老鼠。

迷宮是我們的腦與視野，老鼠是意識與感覺。

失戀和旅行其實完全沒有關係。

但是，一個離開原先軌道的決定，就是上帝給的另外一卷藏寶圖。你可能找到你要的東西，或其他本來沒看見的寶藏，或是，你自己。

＊＊＊

從我的孩子在保溫箱裡，是一個小到不行的早產兒的時候，我就發現，她有個特質和我很像。她彷彿總是用腦袋瓜在想些什麼？有時，發著呆，專注某件事，彷如離開現實，根本聽不到旁邊的聲音。

沒辦法，基因嘛。

那時她是一個手掌大，皮膚接近透明，連血管都看得到的可憐小孩；臉很削瘦，好不容易脫離危險期，以保溫箱代替子宮撫育的孩子。

她花了兩三個星期才睜開眼睛，剛開始應該看不到什麼東西。慢慢地，長到了將近九個月的時候，應該還只能算是胎兒的她，似乎可以看到些什麼。

她的眼睛骨碌骨碌地轉啊轉的，某醫師說：「她看來很聰明。眼睛那麼靈活。」

我謝謝他安慰我。

提早面世的她在想什麼呢？還是，那只是腦部運作的一種外在呈現呢？眼睛和腦是否有互動關係，這只有腦神經科專家能夠解答。

和聰明可能沒什麼關係，我從小就是個想太多的小孩。自己一個人靜靜坐著，可以想很久，彷彿跟心中的另一個人在對話一樣。眼睛轉啊轉啊轉，不管外面的世界如何喧嘩，就這樣，像跌進樹洞的愛麗絲一樣，到了自己的世界中。

恍恍惚惚，好像有兩個人在自己心裡辯論著，即使外頭很安靜，我自己的腦裡也可能很吵。

大概是靠這種能力，才能打發掉很多無聊的課程，乖乖坐在課堂裡吧。現在我只要聽到被抱怨「上課不專心」的小孩，我都很同情他們。有些孩子需要你給他多一點吸引力，才能專心，不是嗎？自遠古以來大自然中的生物，只要太專心，就會有危險，專心並非來自人類本性。我的成績雖然一路都還可以，但是，我聽得進去的課不多，有時我真希望，那個老師明白自己到底想要教些什麼。

想像世界無限寬廣而美妙，可以編故事給自己聽，一個人也不覺得寂寞。我很擅長一個人旅行，和自己相處，自己思考任何問題。

不過，這種「憑自己的腦獨自蠻幹」的精神，在我的腦力開發不到一趴，而人生經驗還不太豐富卻又遇到人生關卡時，就沒有很美妙了。

我其實是個很猶豫的A型。會爲了要不要去畢業旅行這件小事，想了兩天。遇到想不通的事，或讓我覺得「這樣做不公平」、「這個人爲什麼要這樣對我」的事，我會坐在那兒一動也不動，只轉動我的眼睛，像卡住了一樣。卡住的時候，最會被憤怒和怨恨充滿，像個快要爆炸的輪胎。

直到有一天，大概也還是要等到經過很多事情的中年之後，我終於悟到「有些事不是你五分鐘想得完的」、「有些事，都這樣了，認都認了，別再想了」和「氣死了自己反而讓親者痛仇者快，實在划不來」、「多行不義者夜路走多了總會撞到鬼，不需要你親自動手來給他教訓」，以及「有些事情如同熱油，想太多會燒傷自己，擱在一邊便涼了不足爲害」。

呵，這些簡單而通俗的話，沒什麼高深哲理，卻都是我腦海中很常出現的，可以四兩撥千金的對話。

當我不再是個爲小事徬徨的A型，我終於學到一種鎮定，也擁有內心的安靜。

某一次，因爲一個某報記者創造出來的新聞，我的手機裡，塞滿未接來電通知、二三十通未接電話。還有記者開著ＳＮＧ車到處找我，看我要怎麼反應。（我們有句玩笑話說，看誰倒楣，最怕出事的那天沒新聞，那麼小新聞也會變大新聞……）

我那時正在考「美國吧台咖啡師」執照，當下也不免爲那憑空而來的新聞焦躁心慌，像著了火一樣的腦子焚燒了十分鐘後，發現「熱油放久也會變冷，就燙不傷我」還是最好的處理原則，於是……我繼續在咖啡教室裡煮義式咖啡，繼續進攻那實在很難拉的拿鐵拉花。本來讓我覺得是「人生一大考驗」的拉花技巧，忽然變成一個非常棒的「腦袋休息站」。我開始愛上做拿鐵拉花這件事。

就在最紛亂時，第一個完美的心型成功了。

洞外有老虎，山中自安寧。做一個總是要被各種風言風語亂吹的工作，還

眞的得「八風吹不動」才不會得到什麼精神疾病。

中年之後，人生困難漸少，才怪！那當然是心理上的感覺。刀山油鍋裡都去過之後，自然被劃一刀敲一棍，不算什麼，呵呵。

漸少，因爲比較不會被問題困住太久。換句話說，不再「鬼擋牆」兜圈子。

就算困住，那麼，也放自己一條活路——去做一些很小的，卻讓自己感覺很實在的事。

無關的事也好。想不通別想了，我會讓自己去跑步，跑個五千公尺，大汗淋漓，還可以減肥。

煩，洗個衣服，看乾乾淨淨的衣服在陽光下被風吹得舒暢。

半夜睡不著，起床燉鍋牛肉（這可能是我常在半夜做菜的眞正原因，並非懼怕臺灣食品市場中屢出問題的黑心食品），第二天我心中的那個硬塊也會一起被電鍋燜熟。

做節目，有些委屈，那就回家寫一篇稿子吧，寫文章時，唯我獨尊，自己主宰一切，轉換了心情與角色，沒什麼苦好訴了。

倒楣，不順，就買一盆綠色植物種陽台，拔草施肥，改個運來。

研究一下國際金融市場及房地產，是我的業餘閒暇娛樂，但也可以穩定一天工作後疲憊久站的腳與不斷說話的舌。或者，看本書。

我做的事向來多，但這些實實在在的小事，都在幫助我，建立一個自給自足且循環良好的小世界。

九十歲的日本建築師津端修一說的：眞正富裕的生活是活動自己手腳的生活。

是的，實實在在，做一點想做的小事情。

讓我感覺自己的確扎扎實實活著，平平安安眞實活著，在這任何煩惱都像被風揚起小細砂的浩瀚宇宙。

就算在宇宙中我還是一隻迷宮老鼠，我也不要當亂撞得頭破血流的那一隻。

■忍耐班的幼稚園大班

看臉色是一門高深的學問。為了某個目的，我們都得看些臉色。

奮鬥到終有一天熬成婆，就是希望有點自主，可以少看點臉色。或者，已經懂得如何應對臉色，處理臉色。

有件事情，是凡活著、凡有意識的人都會覺得難過的，就是看臉色。不過，很多人卻也不知不覺難過了一輩子，因爲期待著有一天，會「媳婦熬成婆」。

問題在於時間有限。

而難過久了，會迷戀上那種難過。因爲看臉色的時候，儘管動輒得咎，但是還有可以遵守的「法則」。

＊＊＊

多年後的聚會，意外見到昔日好友芳。

上一次見她，已是二十多年前。

大家都變得很多，芳變成一個貴婦，她剛打完高爾夫球，趕來聚會。

閃亮亮的鑽戒與鑽表，說明了她的日子過得富裕。

「你們都有工作喲，眞好。（這一句話聽來有些客套。）大學畢業的前一個月，我就懷孕了，畢業第二天，是黃道吉日，就嫁了。」然後，增產報國，孩子都快從研究所畢業了。她畢業自最好的高中和大學，也頗具姿色，坦誠從小努力念書是爲了一張很漂亮的學歷證明，以嫁入豪門，想辦法爲工人家庭脫貧。

「不工作很好啊，如果我夫家有錢，我也不必工作呀。」（這也是應酬話。）另一位當老師的同學感嘆：「我們混到現在，不知看了多少臉色。」

「我看的沒有比你們少。」她笑說：「我婆婆覺得我們家家境不好，是高攀他們家，從沒少給我臉色看；還好我家附近有間百貨公司，我常推著嬰兒車在那裡混一整天。我這人呀，別的長處沒有，就是擅長忍耐。臉色呀，當沒看到就好了。」

如今公婆接近退休，丈夫已經獲得主導權，大家說她已經熬出頭。她搖搖頭說：「未必啦，老公也常給我臉色看，不過，我熬了這麼久，鐵定會熬下去。現在社會眞的有問題，離婚率那麼高，其實別想太多就忍下去了，我呀，是死也不會離婚的。」

仍然是面帶微笑的話。啊，此婚姻EQ段數之高！那些口口聲聲講EQ的專家反而沒有人做得到。

座中當然也有離了婚的，聽到這話，微微色變。我知道她沒有什麼拐彎抹角說別人的意思，她只是在一個不必忍耐的場合裡，逮到了機會可以直抒己言痛切陳辭。

她這樣的大義凜然，我，還眞的靜靜地佩服了起來。好一句「我就是擅長忍耐」，這樣的忍功，讓我羞覺自己仍是「忍耐班幼稚園大班」學生（並非小班，因爲我還是可以忍的）。

每每想到她的臉，我總想到佛家說的「忍辱須菩提」五個字。智慧啊智慧。

人生不管選擇哪條路，都要看臉色吧。當公務員得看臉色，當老師也得看臉色，我們做節目主持人也要看臉色，當人家兒女父母都得看臉色，只是你選擇要看何種臉色，還有，要看到何種地步而已。

人家也不是故意給我們臉色看，但是，只要位有尊卑，只要有一群人，就算是非利益團體的同學也會給你臉色看或排擠誰。

看臉色是一門高深的學問。

爲了某個目的，我們都得看些臉色。

奮鬥到終有一天熬成婆，就是希望有點自主，可以少看點臉色。

或者，已經懂得如何應對臉色，處理臉色。

＊＊＊

我常聽人開玩笑說：「我什麼都吃，就是不吃虧。」

不吃虧，因爲吃虧會覺得委屈自己，心裡不免有種被踩扁的感覺。

但在我看過的人中，不吃虧的人，卻常不怕看人臉色。

甚或，看了大半輩子臉色，爲的是想要不吃虧，想熬出頭。

其實，大部分都不會熬成婆。

比如爲了薪水待在不喜歡的工作裡，強迫自己要待到領一筆退休金的職員。因爲不是眞的很喜歡這個工作，沒有熱情，所以也發揮不了自己。最後變成一隻只能在內心苦叫的羊，繼續看臉色。

＊＊＊

的確我在「看臉色班」裡的修行目前眞只能算是幼稚園大班。

雖然我是看臉色長大的。

小時候，萬一家裡長輩臉色不好，就算我五科都考一百分，皮也得繃緊一點，否則，還是會給颱風尾掃到，那就活該倒楣了。

所以我十四歲就希望能一個人離家到大城市讀書。

不過，還是在看臉色。有一段時間寄宿在爸媽的友人家，一旦那個家裡夫妻吵架沒煮飯，我就只有一根水煮玉米可以吃。

因爲常看臉色，所以小時候發誓，將來不想再看人臉色過活。

我最怕「晴時多雲偶陣雨型」（沒規則可循）和「疲勞轟炸型」（就是要讓你難過）的臉色。

有資格給人臉色看，但「晴時多雲偶陣雨」，高不高興都沒有標準的人，自己恐怕也對人生方向莫衷一是——自己不確定，又想要主宰別人，情緒又常氾濫，所以如此。

而「疲勞轟炸型」，則出現在自我感覺良好，所以相對地對於管轄者有「恨鐵不成鋼情結」的人身上。

在我還是二十多歲上班族時，曾有某一年，因爲我的一位朋友出國深造一年，我以兼差方式幫她管理一個小型航空雜誌社的代編經驗。

那位客戶，確實是我職場生活中一個相當鮮明的角色。

何小姐（當然連姓也不可能寫眞的），四十多歲，身材纖細，面貌姣好，穿著品味也絕佳。

她就是疲勞轟炸的類型，只要雜誌上有一點點小問題或一個錯字出現，她就會要我們全體同仁去謝罪和交代錯誤，三更半夜也罵。

罵得很文雅，不帶一個髒字，但必然讓人覺得自己應該趴到地上挖洞把自己的頭埋起來。

罵得我們啞口無言。「我們……會……改進……」就算你這麼說，她也會說：「不是每次都這麼說嗎？這一次還有錯字！」

有錯字當然是我們的錯。但她表示過她不喜歡我，看能不能把我罵走。

總而言之，她就有辦法把我叫去一直罵。從來沒有一聲讚美，因爲我從未達到她要的標準。

然而，聽她公司的同事說，她是長官眼中「溫柔美麗的可人兒」。

一年後，我終於把該工作還給回國的友人，那年，我因此得了類似五十肩的毛病，肩頸僵到手舉不起來。

追憶這件事，我無法爲這段「每天都怕被罵」的一年評正分或負分。

說眞的，如果知道會那麼慘，我才不會去幫忙代這個班。

不過，我得承認，她也給我很好的訓練：擴張了我看臉色的能力。還有，我也會克制自己「不要當罵不休的老闆」。若不是她罵人的臉老在提醒我，依我的個性，生氣時也一樣控制不了自己的臉色。只要我想要「發揮一下自己的脾氣」，我總會想到她。

也感謝她提醒我，我必須有能力將自己提升到可以有一個不要看臉色的工作。

我努力著。

不過說眞的，臉色何其多。我後來發現了臉色是有「變化版」的。

即使是收視率最高的主持人，也在看觀眾的臉色。

就算是跨國公司大老闆，也難免看一下世界經濟景氣的臉色。

就像爬山一樣。越往上爬，風越大，險度越高。那股風還很抽象，不一定從哪兒吹來。

這些抽象的壓力其實沒有具體的「看某人臉色」的壓力大。這些無敵大壓力，萬一敵不過來，可能像項羽一樣，瀟灑地說：「天亡我也，非戰之罪！」他當然是有錯的。不過，那時已四面楚歌，來不及反悔。爲了不看臉色，他不渡烏江，自絕於江頭。

很壯烈。

但我們不是英雄。

***

都不看臉色，除非，你「不玩了」。

所謂眞正舒適快意的生活，應該說是：可不看別人臉色就可以生活吧。

中年的某一年，我辭去了一個一直在看臉色的工作。

你知道的，職場，總是要有人證明，他比你強，就算要互助合作才能生存，也有人會因爲你無心搶了他風頭，就暗暗給你排頭吃。或許他也不是故意的，但我挨的悶棍從來沒少過。

啞巴吃黃蓮，還要裝笑臉來維持自己的所謂「EQ」，嘿，還眞不是正常人可以忍耐的。

有好幾次，我挨悶棍挨到想要公然拂袖而去。

「但你已經是個中年人囉，這樣非常幼稚也沒有禮貌。」內在的聲音總是盡責提醒我。

那個工作報酬優渥，不辭去的理由，說穿了也就是「不想在金錢上吃虧」；所以把臉色看下去，就像一個敬業的演員看到爛腳本也要拚了命演一樣。

箇中辛苦只自知。

幾年後，我辭掉了。

再「追憶」這個工作，我其實非常感謝那段「因爲臉色而覺悟」的日子。

我本來是個理財白癡，當年爲了要離開這個工作，又不想失去很不錯的薪水，才開始研究理財。

我暗暗發誓「等我有了……我就走」的那幾年，自己在家默默掘井，研究如何投資和保本……研究了幾年，分配資金終於有些心得，終於享受了些財務上的安全感。我才走。

壓力到底有多可怕？身體會知道。辭職之後，我的高血壓降很多。忍字頭上眞是一把刀。

那眞是個可怕的循環：要看臉色的前一天，就開始擔心；看完臉色的那天，你含辛茹苦；第二天則用來排掉不愉快的悶氣。一個禮拜才七天，扣扣減減，有六天笑不出來。

人，若無法謀合，就不用勉強，不如相忘於江湖。

當然，不想看臉色，是有條件的……想不爲五斗米折腰，最好已經積好了存糧。

不玩了，當然不能說不玩就不玩，要想不看臉色，現實世界，你得另有穀倉！

我承認，我看臉色的EQ不高，所以，我一直在想出路。出路或許也不美好，但至少是另外一條新路。

新路拓展了人生地圖。

■手心千萬別向上

我們樂意將手心向下給予，看所愛的人歡笑，也不能缺乏：同時有人將他得到的，放進你的手心裡。

我這一代的女人，和上一代最大的不同是：雖然婚後還是盡力在爲家庭付出自己，但是已經不那麼倚靠另一半的經濟功能。

談到現實生活要過得好，有八九成的人會說：「啊，靠自己最實在啦。」

就算婚姻很好，另一半收入非常高，但如果一個女人從出社會之後就自食其力，進入婚姻後，因爲種種原因，自己若是沒了收入，改打「伸手牌」，大部分的人都會覺得「不知哪裡怪怪的」，就是有一種奇妙的自卑感油然而生。

「這種伸手的感覺，其實我到現在還沒習慣。」先生是知名土木技師，已經當了十五年專職主婦的同學這麼對我說。

我是「自由業者」，也開了自己的公司，更替好幾家公司工作。某天，與我業務有相關聯繫的小芸要結婚了。

這不是一件容易的事，幾年前，小芸告訴我，她有恐婚症。

從甜美又溫柔的她口中聽到恐婚症，有點令人驚訝。

每個人對於婚姻的看法多少與自己原生家庭的狀況有關。小芸的爸媽在她很小的時候離婚了，而且各自在國外有了新家庭；這些年來，她一直是一個人飄飄蕩蕩在臺灣。對於婚姻，始終放心不下。

她擔心著「結婚可能會離婚」這件事。

當她有了固定交往的男友時，我曾經告訴她：「沒人能保證結婚不會離婚，不過，離婚也沒有你想像中艱難——看看好萊塢的明星吧，華人社會，把離婚和不道德劃上某種隱形的等號，也未免讓婚姻變得太沉重。如果你心中其實還有一點婚姻憧憬，又覺得這個男人錯過可惜，那麼，姑且認眞一試無妨，輸了？再說了。」

我們總不能什麼都沒試過，就先被嚇得魂不附體，或者遙想失敗便失魂落魄。這不就像還沒開車上路，就預言自己出車禍？

和男朋友交往兩年後，我收到她的喜帖。她顯然說服了自己的恐婚症。

收到喜帖時，我也「說教」了一番：「嘿，不要辭職喔。我們公司，你要生幾個孩子，就生幾個孩子，假期都可以配合——總之千萬不要辭職在家，手心向上是很辛苦的。」

小芸笑笑說：「我不會，我不是那種人。我對經濟問題，比對婚姻更沒安全感。」

如果要說我堅持著某種「傳統」，我也不否認。是的。如果指的是相信「貧賤夫妻百事哀」和「拿人的手短」這兩句話，我的確傳統。

手心向上，沒有人會眞的舒服的，除非你的手心上，還眞懸著一個超級ATM，會不斷地掉錢下來花，你花完無限供給，還會幫你拍拍手。

我有許多貴婦朋友，婚姻幸福，的確不愁吃穿，但也有人懷才不遇，得了一種莫名其妙的恐慌症：心悸、憂鬱，覺得自己快要死掉……當了十年除了喝下午茶和血拼外沒有別的工作（但在家中養兒育女日理萬機也沒眞正閒著）的貴婦，人近中年才出來工作……恐慌症好了，而且事業也滿成功的。在家中「隱形地位」（指兒女丈夫看她的眼神與態度）也提高了，心也神清氣爽了。

人各有其性，我其實很接近「工作狂」——不是爲了賺錢而已，我喜歡有事做，或完成一件事情的快感。就算在家沒事，不想寫稿的時候，我也會整理園藝或自己畫畫圖，做些手工藝，燉一鍋牛肉或蹄膀（不要叫我打掃，那真的不是我喜歡的工作）；我深刻明白，就算我的頭上有個超級ＡＴＭ——我也是不做些什麼具體的事、靈魂會很快死掉的類型。

完成一件事情，不管如何艱難，對我的人生一直很重要。

如果退休就意指一個人什麼事都不做，只能躺在家裡才算休閒的話，那麼，我一輩子都不想退休。

＊＊＊

不管手心向上可以得到什麼，手心向上的姿勢非常辛苦。

我從小就體會到了。

高中就到臺北念，生活費很有限，如果到了月底，錢花完了的話，剩下那幾天就只能吃吐司和啃水煮玉米過日子。

我向來是個自有主張的小孩，但是如果沒好好奉行爸媽的話，很容易被施予「經濟制裁」，比如：如果你執意要念法律系的話，我們就不給你學費之類的。

所以，我應該是全國第一個大學考上第一志願卻被斷炊的。呵呵，想來是何等不同的經歷。

雖然爸媽心地好，沒有眞正將我完全斷炊，但是我充分意識到：吃飯問題乃是人最重要的問題與尊嚴。

「總有一天我會讓自己遠離金錢威脅。」我心裡是這麼想的。

我從高中開始就有副業，有稿費，也拚命賺取家教費。

這也是我沒有成爲「不食人間煙火」作家的原因，我的身上到處都裹滿人間煙塵，也火氣十足。

話說婚姻。不是所有婚姻問題都會出在金錢觀上，當然人類有史以來也曾有夫妻雖然貧窮卻相濡以沫快樂著。但是，當我們脫離「雞犬之聲相聞」的純樸社會之後，想要一邊餓肚子一邊享受幸福實在難，想要一邊看臉色一邊深愛一個人，也沒有文藝小說裡寫得容易。

在我看來，如果你是一個完全沒有經濟實力的人，不管是男是女，你的自我會慢慢黯淡。

錢沒有什麼了不起，但是如果擁有經濟自主權，你的自由比較不容易缺席。

任何破碎的姻緣，仔細剖析來看，其實中間都夾雜著「金錢觀實在不能協調」以及「經濟槓桿失衡而產生磨擦」的問題。

＊＊＊

一個「經濟槓桿失衡的婚姻」的婚姻，像暈開的墨水，會染黑了一些本來可以美好的情緒。

多年前，我們家另一半的行業很明顯已經在臺灣無用武之地，必須到對岸求職，也申請到月薪相當高的工作。

我當然支持。心想：又還這麼年輕，男兒還應志在四方吧。

當時身邊親友的婆媽們（不好具名）非常懇切地來對我說：「那邊生活很苦，你何苦讓他離鄉背井？他可以當你的司機、助理……你這麼忙，他可以幫你啊……」

當然，這絕對不是我們家另一半的主意。這世界上，沒出過社會的人，最愛做這一類「爲你好」的烏龍建議。

「什麼？」沒等話說完，我就「似笑非笑」地說：「那麼，我們先分開算了。我——不喜歡沒有工作的男人。這種事，就不用再講了。」

我心裡沒說出的話是：如果你喜歡老公當助理或御用司機，請便，但是，別勸我；而且，這對個性很強的老公也是一大侮辱吧。他管人也習慣了，如果他當你的助理，三天沒有吵架還眞不可能。

不管你強調什麼男女平等，男人也有理由在家讓女人養……呵，我做不到。我從小喜歡的是「科學小飛俠男」、「超人男」、「鋼鐵人男」，我沒辦法喜歡任何電影裡都無法歌頌的男主角。

爲我開車？我寧願搭捷運和計程車。（在此陳述的是我個人的主觀想法，如果你很喜歡老公做菜和爲你打一切雜，那麼，我也很尊重這樣的個人喜好。）

就算他失業去咖啡店打工，我都無所謂，但是，他必須有收入，好歹也要分擔家庭開銷，不能只是被豢養。

總不能兩個人推車到超級市場買菜，然後他就苦苦等著你掏腰包結帳——這種狀況，女人還會含情脈脈地看著自己的男人？

對我來說，這始終不是一齣好戲。

一個男人好手好腳身心健全，在社會上連謀生都做不到，我也不相信他的心中有自尊。

手心向上是很辛苦的。尤其是男人，在這個「還算傳統社會」的社會中。

＊＊＊

人到中年，看了許多婚姻的開始與結束。

有幾位女性友人，工作都很不錯，而且比我有「母性」得多。先生工作上遇到小人，或遇到小鬥爭，小不景氣，回家哀哀叫，她便心生憐憫：「回來吧，我養你。」

先生眞的變成她的打雜、管事和司機。

絕對不是「百依百順」的司機，意見超出正常助理一百萬倍。

然後還怪她氣燄太高。

怪她錢給太少。怪自己照顧孩子的時間太多。

若管錢的，就變成一個「揮霍無度」把公司財庫當自己荷包的董座。

然後，都哀哀切切地散了。要不然，就在訴訟中。

夫妻，是無需每塊錢都計較。但若槓桿失衡，誰沒有怨言，都難。

每個人對錢的使用法眞的不一樣。

我先生向來有記帳的習慣，他付出的每一塊錢，都要註明爲什麼。要我這樣做，可就瘋了。我只管「量入爲出」，並不管細節。

如果跟他拿一千元，他也會不自覺地問「爲什麼？」，剛開始我會爲這件事不高興。後來才明白是他的記帳習慣，沒有特殊意義。

但是，像我們這種自尊心很強，平常多付了錢也沒在計較的女人，聽到「連這點小錢也要問爲什麼」的句子，哪有可能開心。

瞭解，就好了。

如果我在家當個手心只能向上的人，我想，每天都要鬧彆扭吧。

＊＊＊

我所看到的幸福婚姻，都是各擅勝場。不管選擇什麼，兩人都做著自己喜歡的事情。且衣食無缺。

男人喜歡有自己的玩具，女人喜歡有自己的衣櫥。小孩長大要有自己的空間……這一切，都脫不了經濟問題。

別再自欺欺人了。

所謂美好婚姻，兩個人要甘願，甘願裡有隱形的均衡方程式。我們樂意將手向下給予，看所愛的人歡笑，也不能缺乏：同時有人將他得到的，放進你的手心裡。

面對真相的勇氣

我情願知道真實，即使這樣比無知受更大的傷；因為知道的病好處理，傷過的心可以醫。

話。

「假作眞時眞亦假，無爲有處有還無。」這是《紅樓夢》裡很玄的兩句

有人說，假了一輩子，也是眞的。

眞的假的，只是認知上的問題。是嗎？

但我相信，沒有人眞心希望被矇騙，雖然有時候，我們爲了好過一點，故意不想看到眞實，不想追究是否眞實，更不想咬緊牙關驗證眞實。

儘管如此，也沒有人眞心想徹底矇上自己的眼睛。

這是我一直在處理的自我矛盾。

無論如何，我還是相信面對的必要。就算面對的感覺非常寒涼，但面對後必有成長。

＊＊＊

話說，有位企業家請兒子來到我的古董鑑價節目。

帶來的畫眞的嚇死大家。有齊白石、張大千、徐悲鴻，有明末清初某畫家……

如果都是眞的，攝影棚內這些斑駁的卷幅何止上億。

第二代是個斯文好青年，長得也十分俊秀，他說，父親做貿易生意，與一位收藏家是莫逆之交。這些畫，全是收藏家賣給他的。

他父親本來對古畫毫無研究，十多年前，收藏家急著調一筆錢，拿了一幅畫向父親借款。那幅畫在某大型拍賣會上，賣了五倍的價格，從此父親對這收藏家的眼光深信不疑。

多年來，家中古畫已上百幅，都是向同一人購得。

不久前有位自認懂畫的到他家看過，認爲都是眞品，只有這五六幅畫，那位懂畫的說，不能確定，所以到我們節目，求助於對鑑畫有深厚經驗的曾教授。

氣氛眞是凝重，一槌落定，若是眞畫，何只千萬；若是假畫，那就是幾千幾萬元（還是要看模擬者是否高明）。

關於古畫，我當然是個「半吊子」。不過，由於工作的緣故，偽作也看多了。姑且不看畫的功夫，有二三幅的畫紙，感覺上「做法相同」——卷幅上斑斑點點的發黃痕跡，看來是用相同的方法潑灑某種化學藥劑。

我縐起了眉頭。

鑑定專家曾教授端詳許久，第一幅，某清末民初畫家作品，確定是仿作，畫風甚不相同，不是新仿。

「這樣的作品，市面也有五萬元價值……」

第二代風度甚好：「我也覺得手法和這位畫家作品不太相同。」

每幅買來的畫價都在臺幣三十萬到百萬之間，以十多年前的畫價來看，收藏家賣的是眞畫的價格。

讓人震驚的是接下來的判讀。

都是眞畫，「沒錯，是齊白石畫的！」然而……教授臉上浮現「我知道了」的神祕微笑：「這在市面上只值兩千元！」

在場的人很難相信自己的耳朵，第二代和我都愣住了。

「畫是眞的，但卻是印的！」教授拿起放大鏡，要我們湊近去看：「看，油畫反光很均勻，沒有深淺，是印的！」

只是高超的印刷品……

第二代好青年嘆了口氣說：「唉，我爸眞的太相信朋友……」

如果拿來賣的是僞畫，至少不那麼考驗友誼，只能說這位收藏家自己眼光不佳；然而，卷軸有類似作舊痕跡的這三幅，的確是印刷品！

有兩種推測：

其一，收藏家第一次拿來調錢的，確是眞品；等企業家發現此爲眞後，向他詢問還有沒有畫賣，這收藏家便見利起盜心，於是仿了些假畫來賣「比市價便宜些的同行交換價」。

其二，第一次便是放餌釣魚。賣了一幅眞畫，並且說服企業家委託拍賣，得到不錯的價格之後，魚兒深信不疑，已著實上鉤。

「唉，我爸那麼相信他……」

若說風格不同，還可另請高明鑑定，若畫法高明，放個一百年或許也還會增點值，但印的就是印的，請誰來看都是印的，沒有任何理由翻身。

這，只是我看過的眾多僞畫眞賣案例之一。

「你要不要乾脆告訴你爸，你沒來？」我開他玩笑。

如果我是他父親，我會原諒這個拿印刷品當眞畫賣的朋友嗎？我想，我可能不會，就此絕交。

有這樣的朋友，誰還需要敵人呢？

就算不追討這筆債，也不能再跟這樣的人交心了。

好青年仍很有風度面帶微笑說：「接受事實吧。雖然，事實很殘忍。我也不知道怎麼跟我爸說……但是，我還是會說眞話。」

看來，這二十五歲的兒子，才是這位父親的眞正寶藏。

＊＊＊

眞實，有時候是很殘忍的。

我的一個朋友，與先生相遇相知二十年，是從大學時代便是班對的戀人。

兩人說好，要當頂客族到老。沒有孩子。他說怕她痛，不要她生。她也怕幼兒煩，剛好一對璧人。

結婚多年，感情還是很好，晚上要手牽手才睡得著。

他主外，把她供養得很好。在外不用爲五斗米折腰，對內家事也有人代勞。

她的人生是一個完美而光可鑑人的藝術品。

四十歲那年，先生在某次交通事故意外中喪生。

然後，一連串的眞實像錐子一樣，不斷刺進她的心。

陪著他離開的，有另一個年輕的女人。

他這趟行程，壓根不是他所說的公事。
飛機並未飛往他說的大城市，而是某度假島嶼。
接著她發現，其實所有他的朋友都知道。
他們在一起十年了。
他們有孩子。
人人都瞞她，沒有人忍心刺痛她天眞而美好的生活。
「爲什麼我會遇到這種事？」一開始，她叫天天不應，像剛知道自己得了絕症的人一樣：「這不是眞的！」
然而，眞的就是眞的。逃不走抹不去揮不掉掩不了，眞實就是眞實。
「他怎麼可以演得那麼好？」
其實，他並沒有演得太好，只是她太信任他。他的確是個很被大家信任的好男人。
悲傷之後是更沉重的憤怒，憤怒之後是氾濫的瘋狂。然後，就跟災後的大地總要歸復於平靜般，她想通了。

那孩子有祖母要養，不歸她；她主動將丈夫留下的遺產，分一部分給那孩子當教育費。

人生重新開始。「一個女人在四十歲這一年，才從雲端掉了下來，眞是一件殘酷的事情。」她聳聳肩說：「不過，也才讓我明白，原來靠自己腳踏實地的感覺，也很好。」

復原太快都是假的。過了一些年，她眞的釋懷了。

「有人問我，我是不是寧願被蒙在鼓裡一輩子？我也想過這問題，其實，我還是寧願接受眞實。」她說。

眞實有時是帶刺的。生毛帶角，面容猙獰。

人到中年，看過許多不太好看的眞實，也明白張愛玲說的，生命是華美的袍子，裡面爬滿了蚤子，灰暗歸灰暗，是有某些道理。

在我看來，是有些跳蚤，讓你又痛又癢好些時候，但不一定「滿」是蚤子，不一定老是痛與癢。

也總有舒坦順心的時候。

對於所謂殘酷的眞實，人們常有三種態度：

一是執意要看。

二是最好看看。

三是始終不看。

第一種，逼著要看的，有時會把眞實逼急逼壞了，比如那些動不動就要證明「你對我的感情是否爲眞」的人。

第三種，是事情發生了，還躲呀躲的，終生不肯面對的人。

我年輕時是第一種人，偏要把水晶球的背後全部都看透，然而，由於智慧不夠，所以兢兢業業得來的，也未必是眞相。這樣的個性，在如今看來，是自己找碴。如今是第二種含糊人。

萬一殘酷的眞實眞的出現了，那麼，就面對它吧。但也不自找麻煩。

總不可能完全沒有差錯。

我也寧願看見眞實，然後，諒解它。諒解每個人心中或有黑暗面，或有軟弱面，或有困難處，他或她，不是故意欺你，不是故意踩你。雖然他的苦衷，你未必要將心比心地同情或理解。

但知道總是好的，也就敬告自己，不再重蹈覆轍了。

這也很難。

難怪孔子稱讚顏回，不二過。錯一次後，便不在同一處錯了，已是亞聖。

難。

卻不得不。

是的，我情願知道眞實，即使這樣比無知受更大的傷；因爲知道的病好處理，傷過的心可以醫。

我仍然相信信任的價值，但眞實還是眞實。

中年之後，看人多了，不愛和滿嘴虛詞（俗話又叫做打屁），說話都聽不出眞性情的人爲伍了。一句話講成十句，或十句話內聽不到一句眞心，都教人疲憊。

眞實，才可貴。

自我中心，不然呢？

請容我重新詮釋自我中心：人生很短，你本來就有權利按照自己內心的聲音而活。

人。

似乎是大作家莫言說的，他說著：我只對兩種人負責，生我的人，我生的人。

除此之外，誰眞的能恆久把誰放在第一位？

讓我來引述一對夫妻的私密對話：

夜半無人私語時。老公撒嬌：「唉，我覺得女兒要你做什麼，你都沒怨言，我要你做什麼，你都……」

「這是當然的呀。」妻子說：「因爲她是我心中第一位，你是第二位。」

「噢，我還有第二位呀。」老公說：「我以爲，你把自己擺在第二位，我是第三位……」

「這……」妻子輕拍老公的頭，笑了：「我剛剛的意思是，如果只列你跟孩子，你是第二位。如果加上我自己嘛……你——最好——不要——再——問下去！」

這個故事是男人在聊天時引述的，他半開玩笑地說：「呵，看我在家中多麼沒有地位，我老婆回答得眞絕呀，我家還有一貓一狗，萬一都列進來，我恐怕還是敬陪末座。」

「所以叫你不要沒事做比較啊。」在一旁聽他說話的太太，又輕拍了他的頭，像撫著一隻小狗，說：「乖，你最愛吃的波士頓派來了。」

他其實是個好老公，眞心欣賞妻子的俐落爽朗，只是有時會哀哀叫個幾聲。

「女人會爲男人犧牲的時代已經過去了。」他苦笑說。

「不然呢，那我問你，如果將來你女兒以男人爲天，把那男人放在第一位，言必稱老公，事事看老公臉色，那你覺得開心嗎？」

「怎麼會開心，男人是什麼東西！我們辛辛苦苦養大寶貝女兒，是用來爲他服務的嗎？」

「這就對了！所以，不要太在乎自己重不重要，好不好？」我說。

＊＊＊

把男人放第一位？別玩笑了。

這樣的女人眞的剩得很少。那些口裡愛講「老公是我的天（天啊），孩子是我的地」的女性，通常也只是在強調自己很重視家庭而已。（在我觀察，口裡會這樣說的女人，性格還都眞的超凡強悍得要命。）

重視家庭，也不見得要忽視自己，讓自己趴到地上去，誰踩都不要緊。沒這回事！

不服氣？

不然你回到那個女人都自認爲是油麻菜籽命的三十年前呀。大概在一九七〇年後出生的人，因爲經濟改善、教育提升與少子化的影響，多半的家庭中，不管是男是女，每個人都是父母寶貝到大的。

在臺灣，五年級（一九六〇）後段班之後的女生，已經都很懂得「對自己好一點」了。

雖然，懂歸懂，在「眞正落實對自己好」上面，理想與現實還有一段距離。「對自己好」，在我們心中變成商業廣告用語，成爲在購物時大開殺戒的理由。

主婦們更常用此語自勉，「老公氣我，我就花錢來消氣！」

對自己好，絕對不只這樣。花錢的確能犒賞自己，不過，成就感很短暫。

我對自己很好。有了孩子之後，她在我的人生中占了非常重要的角色，我開始把「一定要安全」列爲前提；讓我不再能像以前隨心所欲，要去戰亂國家就去，去南極探險也行……還好，四十歲之前，所有五花八門的夢想已實現不少。

不再沒頭沒腦冒險，然而，態度沒變：我還是對自己很好。

我是自己唯一的生財工具，是自己最好的朋友，是自己的主人——那麼，我爲什麼要對自己不好？

而且人生很短。有許多時候，我們受制於環境，受制於經濟，受制於別人的臉色——當一切枷鎖漸漸失去禁錮的能力時，爲什麼要對自己不好？

人生總有要犧牲或退讓的部分，但是，這一點，如人飲水自知就好，不要刻苦自己給別人看。

不要讓自己淪爲「沒有功勞也有苦勞」——因爲苦勞絕對不能兌換功勞。

做了「退休後也可以安枕無憂」的理財規劃（做規劃的前提當然是你年輕時得努力一點有些智慧型的老本）之後，我開始更加去蕪存菁地挑選工作。年輕的時候，能做的就做，現在，是有興趣或有成就感的才做。

我這樣說，自認爲還在「折腰」的人可能一時覺得不太高興。不過，我可是奮鬥過半輩子的呀，所以現在理直氣壯爲自己眞的想做的事情奮鬥下去。

我仍然去旅行，隨便你覺得我是否自私。除了家庭旅行，我更愛單獨旅行。把一切處理妥當之後，開個小差，排出假期，去旅行，要捨得孩子的呼喚一周。

雖然因爲孩子幼小，我想她，我的旅行變得很短，不再像年輕時候，一出國不知道什麼時候會回來，從南極到北極；不過，沒有關係，算是不無小補。我不能放棄一個人的旅行——從年輕時開始，那就是我犒賞自己非常有效的方法。

一個人旅行，還是小小冒險，但我非常享受。

不必沒事提這提那閒聊（可能和我是動口賺取生活所需有關，我休假時非常不喜歡說話）。

可以拿起塵封很久的相機拍照。

可以專心吃頓飯（這在有了孩子之後非常奢侈）。

可以在星空下小酌，對影成三人。

可以邊走路邊唱歌。

可以看別人怎麼布置店面，想像他如何完成夢想。

可以自在逛美術館，靜靜地欣賞。

可以不必維持含笑的表情——因爲沒人認出我。（沒表情在本地很危險，有人會說你臭臉——其實螢幕上的人又不是假人，怎麼可能保持著一貫的甜美親切笑容逛街？偏偏現在會拍到你的鏡頭無所不在。）

可以彈性決定行程，萬一迷路了沒人怪你，不必一直有責任感。

我一向主張「自我中心」，雖然這句話常是被用來批評別人的。

請容我重新詮釋自我中心：人生很短，你本來就有權利按照自己內心的聲音而活。

我相信，當一個人躲開了喧嘩，剩下自己，和自然的風、光和景色對話的時候，才會聽到自己最純淨的願望。

自我中心有什麼問題？如果在這世界上，我們連自己的感覺也不能感覺，那麼，我們怎麼可能對別人體貼？

但是要明白，世界並非繞著我們運轉；不管再怎麼成功，也沒有人會眞正聽我們使喚。

我，很重要，但也沒有那麼重要。是可以離開原來的生活軌道，是可以被遺忘的。

年輕的時候，我並不懂得聽自己的聲音，大多數時候，聽著許多雜音，藉以生活；太在乎自己的各種紛亂感覺，太在意別人對自己的看法，所以活得緊張，不時陷入瑣瑣碎碎的憂鬱。

年紀增長最好的禮物，就是知道什麼聲音該聽，什麼聲音是雜音。

漸漸懂得找出對自己好的方法，開開心心，繼續帶著發自內心的微笑，牽著自己所愛的人的手往前走。

有時，也記得放開一下。

活得久、活得好是神聖任務

我想，生活也是。要有自己的步調與節奏，有時要忍受在幽谷中四下無人的寂寞，有時要忍耐嚴寒和酷熱。除非真的不能，否則永遠不停下腳步。

以下研究，對於人生過了一半以上的人看來，是憂也是喜。

日本報告：最新統計，日本男人平均壽命已達八十歲以上，女性更高達八十六歲。

華人女性也老早就活得比男人久。

聽到「活得久」，女人且慢高興。

有教授研究，臺灣銀髮族（六十五歲以上），女性的不健康存活年數，比男人多了二年多。也就是說，生命末期的品質，實在不比男人好；男人常因急性病症離開，而女人則常纏綿病榻。

有六成以上的臺灣銀髮族，完全沒有運動，甚至也不愛出門。身體漸虛，出門覺得累，將自己禁錮家中，只會越來越虛，形成惡性循環。

肉體上不愉快，精神上更匱乏。一離開職場或養兒育女的任務後，就安坐在井裡，不知多久；人生裡一點新奇事物也沒有，像白頭宮女，嘴裡說的都是一些閒話與舊日八卦或別人的事情，重覆再重覆。同樣一件心中怨事，叨念再叨念；讓人煩心的小事，提醒又提醒……不知道自己是如何漸漸失去全世界的歡迎……

眼界既窄，心胸如何寬大？

身體不好，精神要清爽也難。

我以前也是個不重視健康的人。出門，不就是逛街，怎麼可能去運動？念書時，我還是體育身障班學生呢。從小我最怕不及格的就是體育課，那時因爲寫書法寫到手腕長了一個關節囊腫的東西去開刀，又遇到了我最害怕的排球課，於是申請到身障班上課。

雖然每天要六點起床，搭車到校本部集合上課，但那學期我過得舒服多了。只要打打桌球（對手可能坐在輪椅上，所以動作不可以太劇烈），或做做體操，那學期體育分數是我史上最高。

離開學校，不再有體育課之後，七成的上班族都失去了運動習慣，我也是。

直到我二十六七歲就因爲寫太多字又坐著不動出現了「五十肩」，我才明白：不運動，是不行了。

四十歲前，我學了幾年佛朗明哥舞和有氧舞蹈；當時學了三四年，每周持續進行。雖然跳得很不專業，登台表演自己也覺得是場笑話，但就調劑長期伏案寫作的腰痠背痛而言，效果很好。

回頭看來，人生中太早發生的腰痠背痛並不是一種懲罰，而是一個提醒，不然，我的身體早就鏽掉了……

不跳舞之後，就只剩游泳了。人要是變得「擅長」浮在水上，就越來越不費力氣，游個幾千公尺，好像連氣都不會喘，一點也無法訓練心肺功能，腰間肥肉也就越來越張狂……於是，有「喜新厭舊」傾向的我，又想要嘗試新的方法來操練自己一下。

* * *

真正打醒我「請好好正視你的身體機能可以維持多久」的，是我祖母，與我的孩子，這兩位都是我的心頭肉。

祖母帶我長大也待我很好，我出生時，她四十七歲，恰巧只比我生孩子時大兩歲而已，不過，中間多了一個世代。

我從小知道祖母比我大很多，非常害怕哪一天祖母會走，我會被留在一個幾乎等於《孤雛淚》的世界。（事實或許沒那麼糟，我童年的想像力擴大了恐懼。）所以我自小就暗自祈禱，請將我的壽命分一半給祖母。

上天眞的聽見了。我是這麼相信的。

祖母九十八歲過世。

對於她能陪我到我也過了人生的一半，我十分感恩。

然而，多麼辛苦，我也看到了。

她在病床上躺了十三年。八十五歲時，還可以騎單車到公園跳土風舞和到地方老人會唱歌的祖母，某一天，因輕微中風暈倒後，身體狀況急轉直下。

十三年，多少次的病危通知。我記得剛開始時，雪山隧道尚未開通，我必須在深夜裡搭三個小時車直奔宜蘭的醫院……

在那些彎彎曲曲的路上，雙手都是冷汗，祈禱又祈禱……

祖母都挺過了，然而，意識越來越不清楚……有時候，問她：「吃飽沒？」她會回答：「狗在外面。」我們的言語像接不上的兩根電線。她忘了一切，但記得我的聲音。

到她九十五歲那一年，她幾乎連我也不認識了……不能下床的她，身體越來越像蝦子一樣彎曲，我們會聽見她的呻吟，但她卻不能言語，也說不出自己的痛苦。

太辛苦了。以致於到後來，我發現我祈禱她長壽，或許只是我非常自私的錯誤祈求。

我記得她八十歲時的電話本。祖母是讀過書的，重要的人的電話和她喜歡的歌詞，她會用筆記本記下來。有日文，有中文，字跡十分娟秀。

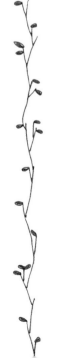

她八十歲的某一天，曾在電話旁發呆，手裡拿著她的筆記本，裡頭的電話，一個名字又一個名字，都被劃掉了。她用空洞的眼神說：「啊，現在就算有電話，也不知道要打給誰了……」

我生孩子時間太晚，想到孩子二十五歲時，我就到了「古來稀」之年，萬一活得不健康，慘了，我可不是大大連累她？

我眞是從「人生過了一半」的這個年紀才開始正視運動，也開始眞正認眞理財。

理財，可使自己得到妥善照料，不必連累孩子。健康，是爲了不讓自己痛苦，孩子操心。她要飛多遠就飛吧，不用一再回顧，擔心家中老人。

再加上產前的妊娠毒血症，變成產後的慢性高血壓——我心裡的警鈴發出巨響。我知道，如果我不注意，將來就會跟祖母一樣，就算長壽，但必然因爲家族性高血壓而導致血管性失智或中風，最後自己的身體也不能自主。

這不是我要的人生結局吧？在我還有自主能力，也漸漸變得成熟的這些年，我已經盡力活得精采，人生來個Happy Ending可以吧？

這一年，我開始和一群老同學練習長跑，我的偶像變成日本超馬女將工藤眞實。

她和我一樣大卻可以在二十四小時內不眠不休跑二百五十五公里，創世界紀錄。雖然，她從小就是體育健將；年紀和我一般的她看起來很小，看來運動眞能使人長保青春。

年紀很大才開始跑，十個有九個會提醒「膝蓋會壞掉」，我認識的醫生也分成二派，說法迥然不同，不過，我篤信「用進廢退」說。

我認爲人應該在膝蓋沒壞掉時跑。我的膝蓋沒壞，是因爲多年來工作關係（在螢幕上只有諧星有資格胖）必須維持差不多的身材，胖瘦頂多是正負三公斤便知警覺。曾有一位大學同學，畢業十年後體重即增加二倍，三十五歲就換了人工關節。

跑了近兩年，我認爲：不是人老膝蓋一定會壞，是人胖關節支撐太多會壞吧。還有，不用，它退化了，也是壞。

在美國有八十歲還能跑馬拉松的老太太，而且還不只一人。記得有個新聞說，八十五歲的銀髮名將，在跑完馬拉松的第二晚，安詳離世。無疾而終，未受折騰，去世前還進行著自己最喜歡的事，是至大幸福。

這樣才是Happy Ending吧。

警告我會把膝蓋跑壞的朋友，也太看得起我，殊不知我只是跑個五千公尺，而且跑不動就用快走的。

我不是個會勉強自己太努力的人。若連玩樂運動都想要自己發揮超能力的話，那麼人怎麼能夠逃出「過勞死」的掌心呢？

跑半年就有朋友邀我去跑戈壁沙漠，我婉拒了。我連跑平地都很累，還跑什麼沙漠呀？沙漠麻煩駱駝去走就好了。

我先挑戰容易的，看起來像「娛樂項目」的，畢竟我離可以鐵血訓練的年紀也很遠了。

我報名的第一個馬拉松是夏威夷馬拉松，而且只跑十公里多的四分之一馬。我的偶像工藤眞實的第一個馬拉松也是夏威夷馬。因爲很好玩，就去了……很單純的心理。

有些工作都已經做到咬牙了，若連跑步都要咬牙切齒，勉強自己去堅此百忍，我想我腦裡的火花會很快熄掉。

剛跑的第二個月，我就得了肌腱炎。本來以爲很嚴重，足踝科醫生看了我幾分鐘，要我買一種特殊鞋墊——一個月後眞的好了，不痛了。

這位醫師自己也在比三鐵。他說，還好啦，本來那些年久失修的肌肉，要它們一下子勞動鍛鍊起來，總是要抗議一下的。只要善待它，它就會就範。

一年半了，當跑步變成小小的癮頭之後，倒是沒有更可怕的事發生，相反的，我的膝蓋好像變強了。以前穿高跟鞋站八小時工作，是我在錄影過程中最辛苦的一件事，當我開始跑步後，似乎沒有再那麼疲憊了。

不知道你是否注意過眞正的馬拉松名將是怎麼跑的？

會有好成績的人，都一定有自己的節奏和步調，不會受到旁邊的人影響。別人超過我，好，讓他先走吧；要有自己氣定神閒的韻律，這樣才能夠跑得久。

最棒的跑者是「不管旁人怎樣，我還是跑我自己的」。

我想，生活也是。要有自己的步調與節奏，有時要忍受在幽谷中四下無人的寂寞，有時要忍耐嚴寒和酷熱。除非眞的不能，否則永遠不停下腳步。

我們的人生也是一場不知終點何在的馬拉松。

本來只想鍛鍊自己的健康，後來，我從鍛鍊好的體力中得到一種自信，扎扎實實，知道自己比原來的生命力要強。

這種感覺好像本來要去淘金的人，卻在河岸旁，忽然撿到鑽石一樣。

活得久是恩賜，不可強求；活得好，是我們應該對自己盡的神聖任務。

最好是直到最後一口氣，還能蹦蹦跳跳。

化詛咒為祝福的能力

遇到任何很糟的事情，或者惡意的詛咒，能充耳不聞；或者，更進一步化詛咒為力量，甚至祝福，這一轉念，才是修養。

我看過的一則小故事：

在美國加州的一個市場裡，有個很會做生意的中國婦人。市場裡的攤販，有人眼紅她生意這麼好，每天收攤時，都故意把垃圾往她的攤位上倒。

她從不生氣。笑盈盈地，日日清掉垃圾。

旁邊賣東西的墨西哥婦人，好奇地問她：「爲什麼你不生氣？」

她說：「我們華人，過年的時候，都會把垃圾往家裡掃，就是不希望錢財跑出門外。他們把垃圾倒進來，象徵著把錢掃給我，讓我生意好，我高興都來不及。」

這事一傳開，再也沒有人把垃圾倒在她的攤位上了。

＊＊＊

很年輕時，遇到什麼不公平的事情，我的第一個反應，沒什麼不同，就是生氣。越想越氣，好想把那個可惡的人的畫像釘在牆上射飛鏢。

不相干的事也氣。

我所氣過的無聊事很多，其實都很小。記得的還有這一兩件：我家附近山坡，以前滿好停車的，後來車口漸多，公家單位就來劃了停車格；臺灣的某些公家單位，做事從來沒有一套既定章法。假設一輛車是二公尺長，它的停車格竟然就只劃二公尺（一長條車頭對車尾，每輛位置就二公尺），根本沒有任何迴轉空間，大概只有機車可以停進去，有畫比沒畫還糟。

大家都在咒罵，我也不例外。每天出門看到就有氣，還會氣政府無能、做事沒腦……直到一個月後，真的有人來重畫了（但舊的痕跡實在很難洗掉）把馬路畫得斑駁。

後來想想覺得我很無聊：我自己又不開車，幹嘛生氣生這麼久？看不慣，想法子就好了。很多事應該是「向外解決」而不是「向內生氣」的。

年輕時聽到一句不愛聽的話也會生氣。比如，某次搭計程車去機場。以前的司機把車當成自己王國，比較沒有服務業觀念，上他車，自然要聽他說教或質詢。

「小姐你去機場啊？搭飛機很危險喔，不久前不是有一架掉下來嗎？」你覺得我會很開心跟你討論這個話題嗎？我氣壞了。一直到搭飛機途中，我還在生氣。

遇到這種哪壺不開提哪壺的人，機會實在挺多的。

氣也滿無聊，這樣的人在我們生命中無足輕重，將來也不會再遇到，他沒口德，是他自己的問題。他自己會碰到教訓，他至今一定不明白自己常常不順就是因爲有一張烏鴉嘴吧。

他那麼白目，也難怪人生很難有太大成就。

「眞倒楣，遇到這種人！」年輕時會因爲別人的無心話語氣很久，人到中年，寬容很多，白目的是他，我行我素是我，氣什麼？

這麼想就好了。

年輕時我還會得理不饒人跟人家打筆戰呢，眞是不成熟，出了社會還像學生時參加辯論社似的。

何必呢？架越吵越多，心裡知道自己沒錯就好。

＊＊＊

我最不想看到的是「中年憤青」。

如活在本地，聽到什麼不對，看到什麼不聰明的事都要生氣，不少人活到銀髮族都會像「憤青」！罵罵罵，跟著政論節目的名嘴罵，或者罵政論名嘴，但是，該怎麼做才好呢？又不知道，只能聳聳肩。

不是你我能管的事，也就不是你我該浪費那麼多時間和細胞來生氣的事！

後來悟到：如果我自己是個脆弱的氣球，那麼，一碰到什麼，當然就會破。

修養果然是要在有了年歲之後才會有。（但也未必有。我也看過越來越愛生氣或抱怨的老朋友。）遇到任何很糟的事情，或者惡意的詛咒，能充耳不聞；或者，更進一步化詛咒爲力量，甚至祝福，這一轉念，才是修養。

到「爭什麼？」的時候，世上能爲難自己的絆腳石也就少了。絆腳石無所不在，若一見便要氣，氣不完的。

這就不算別人爲難你，是自己爲難自己了。

＊＊＊

「化生氣爲無氣」是修養，眞正「化詛咒爲祝福」是能力。

我身邊認識的朋友，人到中年，有些成就的，誰沒有被詛咒過。

有位好友A的公司終於上市。他雖然年紀不大，但創業已超過二十年，是一位從小十分擅長寫程式的工程師。和他一起創業的某位夥伴B，因爲創業過程實在艱苦，無法忍受長期收入不穩定的生活，於是求去。然而，過了幾年，這位昔日戰友驚訝發現，當時他認爲「一定會倒」的前公司，竟然從荒蕪中重生，變成了一家有潛力的企業，而用該公司軟體的客戶也在增加中，心裡便生了怨氣：爲什麼這份榮耀，沒有我的份？

B，控告了A公司竊取了他的智慧財產權！

這個案子進入了法律程序。十多年前，當時的法官，實在搞不懂科技軟體的智慧財產權，竟然讓B假扣押了A公司所有的軟體！

通常，如果你要假扣押三百萬財產的房子，你依法要拿出三分之一，也就是一百萬來做保證金。

然而，在那個對科技智慧財產權還很蠻荒的時代，法官的計算方式是：一套軟體三萬元，那假扣押金額就是一萬元——問題大了，爲了這一萬元就扣押了該公司即將出貨的一千套軟體！

A的公司本已漸入佳境，因爲軟體被扣押無法出貨，陷入了窘境，然而，A還是以不服輸的精神堅韌地繼續撐下去，在極短的時間內不眠不休另外研發程式，開拓國外市場——八年後，A才打贏了這場官司！

打官司的過程中，他還是繼續進行各種研發。雖然，因爲收入被限制，所以負債累累。

但在打贏官司的同時，他的公司已經變得「頗具規模」了！

「創業路上，只能把各式各樣的絆腳石，當你成功的墊腳石！」他說：「很多人把困難當成是天下掉下來的災難，但是對我來說，困難已經是一種必然，這個困難走了，還有別的困難，我就是在解決各式各樣的困難中長大的。」

這樣好的態度，正是「甘之如飴」這句成語最好的詮釋。

＊＊＊

我應付的困難，算來都沒他大。

我應付過多少困難呢？其實，我自己也算不清楚。只知從小到大，的確，困難是一種必然。三五天來個小的，一兩年來個大的，有很多委屈，有很多突如其來的災難，有許多「莫須有」的罪名，尤其我身爲媒體人。

生孩子的時候，因爲「突如其來」的妊娠毒血症，我的身體急速惡化。最糟的狀況到達「如果我沒有叫自己呼吸，大概就不會呼吸」，身體血管裡的水因高血壓在懷孕末期急速排出，身體水腫得不像話，最高紀錄是用粗如小指的針，兩天內在腹中抽了十六公斤的腹水……

侯文詠曾經跟我開玩笑說：「嘿，算你命大，以你這麼高齡的產婦，又遇到這麼危險的狀況，就算是死掉了，也沒人有責任的！」認識多年，他實在還滿瞭解我的，他說：「看你活了下來，我對別人說：你這個人，當遇到這種狀況沒死，將來一定會更勇猛！」

他說得一點也沒錯。什麼叫「置之死地而後生」，我很榮幸當了見證者與倖存者。

這些年來，我開始創業，遇到的困難不少，不過，總會有一個想法，在我沮喪過後出現在我的腦海：「我都從地獄裡走回來了，現在我還怕什麼呢？」

如果你到過十八層地獄，那麼，沒有理由被其他膚淺的困難打敗。

就算暫時被打垮，想想，也還沒回到十八層，還可以再爬上來吧？

如果我們不放棄，不往壞處想，我們，總有能力，總會慢慢地存積力氣，化詛咒爲祝福。

我常常聽到人們在想要做一件事時，先皺著眉頭說：「這不是很難嗎？」當然。不難的話，就用不著你立志了。

不難的話，誰都做得到了。

不難的話，值得你夢想嗎？

不難的話，還要你挑戰嗎？

和「難」相處，跟「難」挑戰，如果你已經習慣了「難」，終會發現，這個難搞的朋友，其實正是一位「良藥苦口」的良師益友。

■美國時間？你最好有！

我想我要宣示的是，再怎麼難，身為一個人，總會遇到責無旁貸時，最好的方法，還是全力以赴，學習把一件事做好。

三十歲之後，我就是一個很會調配時間的人。但無可置疑的，在我「自在」的生活中，加入了一個幼兒，實在是時間管理的一大挑戰。

我大概顚簸了一兩年才調整過來，找出「幾乎可以兩全」的模式，雖然還是常常面臨一些突如其來的小小挑戰。

＊＊＊

明天就要？不會吧？

相信每一個像我一樣的職業婦女媽媽在忙完一天回家時，看到孩子聯絡簿上的「親子作業」，難免會先有一陣頭暈目眩的感覺。

有的作業比較複雜，會十天前通知。

就怕是十天前你看看忘了，忽然變成「提醒你明天要交喔！」

通常，都是媽媽比爸爸急。這很難免，比起大部分爸爸，媽媽們都以「準時交親子作業爲己任」，因爲，按照社會現況，如果孩子沒交親子作業，「失職」的問題常常自動推到媽媽頭上，不管媽媽上班是不是比爸爸忙。

而鐵錚錚的事實是：孩子當然最好能獨力完成，但要一個四五歲的孩子獨立完成，是癡人說夢。

我是一個有幾家小公司要管，也領好幾個老闆薪水的忙碌媽媽，但也是一個從小就有「準時交作業」強迫症，寫專欄時也保證「準時交稿不遲延」的作者。所以絕不當恐龍家長，心裡認定「既然老師規定要做，那就責無旁貸好好配合」。雖然，我誠懇地認爲，很多親子作業，對於一個那麼小的孩子實在太難，他們連筷子都還拿不太穩，要把一個複雜勞作做得好很困難，大部分時間都只能敲邊鼓。

老師也明白，所以這叫「親子作業」，希望家長可以陪孩子互動。

這一次，我打開聯絡簿，看到的環保作業是「做飛行器」——飛機、飛船、熱氣球。小孩的爸也看到了，他淡淡地說：「做風箏比較快。」

呵，眞是對不起，我也知道，但風箏就是不在裡頭。

飛行器，還眞難。幼稚園大班……

去年，孩子念中班時，她的環保親子作業則是「一個A4大小、立體的東西。」那時學校很早就提醒，但我眞的看看就忘了。直到要交的前一天，看到聯絡簿的提醒，我才發現：大事不妙！

老師還眞的很貼心，寫上：「我知道你們很忙，所以，沒有交也沒關係，眞的……」

什麼跟什麼？

這句話激起了從小蟄伏在我身體裡的某種「不服輸精神」！

我的不服輸精神大概是如此：就算前一天才知道要考試，我也不願意讓自己考太差！

當然，這種勉強可以稱作「好勝心」的東西，在我的大半輩子裡，扮演「成也蕭何，敗也蕭何」的角色。但也正由於它，讓我一路不願對任何殘酷現實太快棄甲投降。

「開玩笑，媽媽以前是美勞大王！」我對著孩子開始吹牛，立刻在晚上九點時開始動腦。還好，因爲我喜歡ＤＩＹ的緣故，我家的環保物品收集量一向不少，我用菜瓜布和化妝品圓筒禮盒及碎花布、鈕釦，在一個小時內弄了一隻豬，還在上頭用剪紙貼上小孩的英文名字。

孩子不久便睡了，那隻豬一直跟我耗到深夜。

豬到學校去後，始終沒有回到家。某天到學校，我看到牠好端端地站在某個展示檯上。

啊，的確大家都有眼睛，呵呵，多麼棒的作品啊，我自己得意地笑了。

這一次看到「飛行器」，我不敢輕忽。如果是前一天才抱佛腳，我並沒有把握能弄出一個飛行器。

我花了些時間思考，把空的洗髮精瓶子，用剩的鋪地板料，廚房裡的漏斗，以及小孩玩壞的玩具車輪子，壞掉的CD，再加上筷子拼湊起來；交給小孩八十歲的「國寶級」（我說的）木匠爺爺，因爲有些東西要動到刀子接合，由他來做得心應手。

交作業的前一天，一輛看來「非常專業」的工藝品出現了，環保噴射機。

某一天，我在臉書上放了我們家三代一起完成的「親子環保作業」，自己很得意。

結果，一個看來也有孩子的媽媽酸溜溜地留言，大罵學校老師勞動家長，也罵我們大力幫了無能的孩子，並且還說：「哼，老師怎麼沒想到大家有多忙，誰有那個美國時間？以爲每個人家裡都有有錢有閒的媽媽和國寶級木匠爺爺？」

她的某一種類似「網路酸民」的挑撥語氣，讓我小小上了火，回道：「你以爲我比全臺灣所有的媽媽閒？要論忙，難有人忙得過我！人，有心無心而已！無心者，事事找藉口不做很容易！有些事，再忙也要咬牙做，不能咬牙一時，終將無成一世！」

我說的話有點重，有點「倚老賣老」，卻也是眞實所見。我看過很多現代大人，嘴裡說忙忙忙，其實什麼也沒做，孩子也沒陪；就算陪了，也是他心不在焉做著功課，你在旁專心滑手機。親子作業至少表示你曾「陪伴」孩子做過什麼，就算孩子太小，無法眞的完成什麼好作品，對他而言，你的認眞還是有意義！

算來這是我的原則之一。小時候，就算我覺得有些課本的內容實在無用，或根本是政令宣導，我還是會盡量念好（這裡就不講是哪一科了），因爲，既然考試都要算分數，反過來想想：栽在這麼無聊的科目，豈不是太可惜了？

人，不能只是一直停在「消極反抗」的階段，那麼，你六十歲還是會跟十六歲一樣，沒有成長，只是從「憤青」變成「憤老」而已。沒有人會認爲一個自認爲懷才不遇的銀髮族有什麼偉大的前途，忘了姜太公的故事吧，那是神話。

我的書從小念得不錯，但我絕對不是過目不忘的聰明小孩。雖然學歷並不是一個人成功的重要因素。我記得我老闆之一的趙少康曾說：「你不要怪很多老闆在找新人時看學歷取人，因爲那至少代表你在年少的某一段時期，曾經爲自己努力過。」這是對的，好成績從來不是天上掉下來的，就算天資極佳，也不可能不盡力，這表示你曾認眞過，負責過，也有榮譽感。

也不可否認，雖然現在誰都可以在臺灣念大學，學歷、名校都不代表什麼，但是，一個從好學校裡及格畢業的孩子，到底還是會給人（或者將來雇主）「你至少曾經在求學過程好好努力過」的印象。你不能什麼都打槍，什麼都酸，只是反對這反對那，覺得這不合理那不公平，活到了中年還活像個「憤青」，人生中眞正擁有的成就感，除了滿腹酸水，都是零！

孩子看了，有樣學樣。母親其實是孩子的最好示範。

你認眞做，他認眞看；媽媽若只閒磨牙動張嘴，孩子必然也打混不負責任。

有些事，再忙也要做。再不以爲然，也要做。

認眞做某件事的本身，就會產生源源不絕的樂趣。

也是給孩子的好啓示。

一個只會耍嘴皮，只會批評，只會呻吟，什麼都沒動手的媽媽，恐怕也只能養出「甩嘴皮型」憤青，很會批評，但什麼建樹也沒有。

什麼是身教？其實，就算在一個「再忙也要做」的親子作業中，父母親的態度，孩子還是會耳濡目染。

我們長大之後，難免會做到「我眞的沒興趣」或「眞是還滿折騰人」的工作，就算你做的是創意行業，走的也是自己想走的道路，這樣的狀況，過來人都明白，顯然不會太少。

你不能以「不合理」爲名，想逃就逃。

孩子的學習過程，任何不想要在晚年後悔的父母，雖然未必要全力參與（這對下一代會有另外一種壓力），但是，並不能逃。

我想我要宣示的是，再怎麼難，身爲一個人，總會遇到責無旁貸時，最好的方法，還是全力以赴，學習把一件事做好。

這就是我的態度。

我是自由工作者。我手上類似的Case，可能時薪三萬，也可能時薪三千，也可能免費服務，我的態度都相同，我盡己所能。

這就是我的態度。我希望我的孩子也看見的態度。

活得更有主見

真正值得的意見，其實都是自己心中「本來如此」的意見。

人活得越老，而且只要活得不壞的話，會有一個極大的好處：能夠管你的人會越來越少。

就算想管你的人還不算少，但有能力管住你的人會漸漸越來越少。

＊＊＊

我曾停掉臉書粉絲團大半年，因爲對我來說，當時它的負擔已經多於快樂。

我只留著和「知道是誰」的朋友、同學們共享的個人臉書，關心一下我所關心朋友的訊息。

粉絲團的問題在於，誰都可以加入。裡頭有你的朋友，也有不知爲什麼故意來討厭你或指揮你的人。

還有一些自己活得莫名其妙，卻要在別人生活裡加很多意見的人。這些人，你封鎖了他，他還會不厭其煩地用其他名字，用一張沒有臉的照片，或是他人的照片繼續加入，前仆後繼。

他們若生對了時代，恐怕可以當革命烈士。不過當然，你值得懷疑他們的精神有問題。

這些閒著的人有多會顛倒黑白呢？不久前，有件非常好笑的故事發生：

那一天，我在馬來西亞出差，而我家小孩和爸爸跟一群同樣有幼兒的父母帶著孩子到臺北近郊一個公園旅行。

我PO了孩子在遊樂區騎石駱駝的背面照片（爲了保護孩子隱私，我從不PO正面照）。

明明寫得很清楚，我在出差，孩子跟爸爸在臺北玩。卻引來了一個可能不太看得懂的網路酸民A大發議論。

A說，駱駝是馬來西亞的文化古物，我們竟然讓孩子在上頭攀爬，實在是一群沒有水準的父母！沒有注重身教！

先看到先發難的是我老公。他上去留言說，你這個人到底有沒有看清楚，這個地點是在新北市的某新開公園兒童遊憩區！我們到底是哪裡沒水準？

另一好友也看到了，冷冷回應：「馬來西亞最好是有駱駝了？到底有沒有常識？」

還有朋友跑到A的臉書起底，說，這是一個全新帳戶，有種就用眞實姓名示人！

這位A顯然自知理屈，不敢眾議，自己把留言刪了。

但他很顯然是上周被我封鎖的某一位，只是心有不甘，又用了別的名字加入。有人對我這麼有興趣是怎麼回事？

我在前言所謂的「想管你的人越來越多」，指的就是現代交友網絡發達，有很多意見會不請自來，出現在你的眼前。

有朋友笑我是「人紅是非多」，其實並不是，而是某些人只要可以匿名，就會在別人看不見的暗夜裡偷偷長出咬人的犬齒。就算是一個小學生，只要有社群網路，也可能被這犬齒隨意啃咬。

我看到一些習慣在臉書發表些什麼的媽媽和部落客也有困擾：就算不紅，也會惹人眼紅，成爲被攻擊的對象。

目前在本地，我覺得很多事情像「文革複製版」。只要這個人有名，只要他或她過得不錯，只要他家境富裕，犯了一件與私德有關或無知小事，也可以讓他被批得焦頭爛額，新聞媒體也大肆地想要「誅九族」討伐。

我們都懷疑過，是否他們最近缺新聞，不是嗎？

曾經看過一位女明星在哺乳期只是PO了一張自己在喝冰飲的照片，就被人說是完全不照顧孩子的健康，把她氣得哇哇叫；有的名人媽媽只是聊聊自己孩子學話較遲，就被人家說是「應該是你不常跟他講話，他才不會講話。」（暗罵你沒盡到責任）；我認識的一對街頭藝人父母，周末表演帶著自己孩子在旁邊，被路人指著罵：「不要臉靠小孩賺錢！」

這個社會，誰都可以有意見。對自己的人生沒主張，對批評別人卻很有意見，不失爲一種「名嘴」現象的延燒。

無疑地，身爲一個人，你必須對自己的人生有主見，否則，不管你怎麼做，你都會陷入「父子騎驢」的困境。父子騎驢，就是爸爸和兒子和一隻驢進城的故事。父子都在驢上，路人說你虐待驢；父親在驢上，人家說虐待兒子；兒子在驢上，人家說兒子不孝；兩人都不騎，人家說二人傻，最後二人氣得合力把驢扛進城，這樣總可以了吧？（當然，這是傻到失去了理智，哈哈！）

不然，就是陷入了「阮玲玉」困境——黑白片時代的巨星阮玲玉，二十四歲服藥自殺，留下「人言可畏」這幾個字。

把人言看太重，必然可畏。

所謂他人的意見，常是三百六十度都有，你聽也聽不完的。

一個眞正能在人生中做到什麼的人，誰沒有抵抗過「人言」？

要一直聽著「人言」，或所謂「多數決的意見」，這一輩子只能做一隻唯唯諾諾、莫衷一是、畏畏縮縮的羊。終其一生，人云亦云，結果沒人眞的對你滿意，你對自己更不滿意。

我看起來好像對自己的主張很執著，這樣的個性也多半是經過抗爭與考驗而來的。

因爲我成長在一個在意見上很人云亦云的家庭。

比如我弟弟想念美術系，家長沒問兒子意見，卻東問西問一些只有初中畢業、諸無關親友的意見，還派代表來我家勸說弟弟。

我弟當時又好氣又好笑。

我只大我弟不到兩歲，卻是他唯一支持者，嘴裡不好對長輩說什麼，心裡的OS卻是：「你們自己回家管好自己和自己兒子吧！」

我弟弟後來還是念了美術系，碩士時專攻的是３Ｄ繪畫軟體，中年之後的他開發過許多款熱門遊戲。

那些說念美術系沒出息的長輩們，有的還像以前一樣酗酒過日子，繼續管別人家、自己也不懂的閒事。

成就不了自己，卻想要操縱別人的人不在少數，依恃的只是「年長」的倚老賣老而已。

多年前，我從法律系畢業時，大概有人太期待我能夠從事一個可以替大家出氣的工作了。有家族長輩弄了一張算命先生的批命說，我最適合當律師和法官（這也裝得太明顯）；畢業後還熱情地幫我相親，認爲女生不應該念什麼沒用的中文研究所，念了沒用，而且學歷比一般男人高會嫁不出去……

似是名作家哈金說的：如果你有主張，就去好好地找眞正的知音；眞正的知音，不會存在那些虛幻的市調數據裡。

別人的看法，都只是「虛幻的市調數據」。你的前途，從來不是他們的前途。

通過了「不反抗就沒法做自己喜歡的事」的道路，使我在經年累月後成爲一個只聽自己意見的人，不管聽到什麼意見，一定會由自己的腦袋過濾，直到我產生自己的意見爲止。

沒有人天生是有自信的，但如果你常在自己腦中進行練習，你就會漸漸得到一種「當機立斷」的本能，以及一個「求的不是完美解，而是最佳解」的態度。

眞正値得的意見，其實都是自己心中「本來如此」的意見。

＊＊＊

對於本來就主張較強的人來說，別人的意見並非無可取，但是，我們聽得進去的，通常都是因爲「其實我本來也這麼想」，只是借助別人的意見來強化自己的信心。

但是也有所謂「耳根子眞的很軟」的人，雖然在我看來，這樣的人比例大概只占一成吧。他們大部分是在非常順服的環境中長大，或者自己完全沒有獨立的求知欲，一直覺得聽別人的比較安全，而且還完全無法判斷訊息的眞僞，社會歷練也還不到可以明辨是非。有的甚至到達「被賣了還替人數鈔票」的地步。

不過，這樣的人也還可以在吃過虧後慢慢長大。

其實這世界上會有的意見，你都要聽的話，聽不完；都要辯的話，辯不完。特別是在網路時代，以訛傳訛的鄉民意見最多，有的還煞有其事地有「科學研究數據」佐證，但都是編的。

資訊多得像廢水一樣，我想，每個人的腦裡都要有一個「廢水處理系統」才行。如此才能把混濁的水變乾淨。

而處理廢水是會有處理費的——處理完你還會生氣。比如會覺得「連認爲馬來西亞有駱駝古物的笨蛋也可以來大放厥詞」是怎麼回事而生氣。

說眞的，年輕時我很會爲了「怎麼這麼笨」而生氣，中年後一再提醒，這不關我的事，是他自己有問題。我氣，就是把掌管情緒的權柄送給不相關的人控制，是「著了道」。

我會問自己：這眞是你想要的嗎？是你自己的聲音嗎？

別人的聲音，並不值得一一去反擊。

我有一個理論，叫做「不是好球不要打」，壞球，就讓他默默投，優秀打者最好不要揮棒，不要急著反應。

我們心中確實有「自己的聲音」。

現今世上最有影響力的女人——歐普拉說，當她覺得不知所措時，她會靜下來聽自己的聲音。

靜下來，就會有聲音告訴她，該怎麼做。

撇掉憤怒的影響，任何人都會變得更清醒更堅定一點。

人難免希望有人認同，卻不能處處追求認同，而失去自己。

你熟悉自己的聲音嗎？

■ 就只跟自己比較吧

如果一個人真的覺得自己出類拔萃，的確應該有更大的企圖心。鶴立雞群的鶴，應該要想辦法讓自己飛到更適合生存的環境，而不是留在雞群裡批評雞。

兩年前，我們的湖畔餐廳，來了一位新員工：相貌清秀的小員，男性，二十五歲左右。

他一來，第一天上班所展現的態度，就讓店長大爲振奮。

因爲他是外場的熟手，來自某大餐飲集團。他服務的態度、笑容，以及受過訓練井然有序的服務流程，實在很亮眼，的確有「系出名門」的感覺。說眞的，在這個當時只有三年歷史的餐廳，在外場工作的都是剛出校門不久，缺乏太多人際交往經驗，也一直生活在純樸鄉間的孩子，要讓他們做到讓客人有「賓至如歸」的感受，實在不太簡單。

常常會有「被客訴了他們卻覺得自己沒有錯」的狀況，比如有人看某段時間沒客人，就在門口跟平時在花園漫步的店貓玩，被客人投訴「不衛生，玩了貓還來送餐」；追查起來，他很委屈地說：「可是我有洗手啊。」問題是，客人沒有看到你有洗手，這是外場人員大忌，但是他們常在「已經被投訴了才發現這是不可以的」，而且還訝異於「爲什麼不可以」。

我眞的很佩服「某大集團」，雖然有時候去用餐時，不免覺得他們的服務講解有點「囉嗦」，常會打斷朋友間的談話——有時我們眞的不是專程去品嘗美食，而是去和老友敘舊的。

總之，我們的管理就是比人家弱很多。

大家都很努力，但外場一直比內場問題多很多。

小員一來，太棒了；完全不必教導，還可提升外場服務品質。小員的確貢獻了許多心力，他也不怕辛苦，就算某一時間點湧進一大群人，他也始終保持笑臉。

不過，店長還是很訝異，爲什麼你要從眞的比我們有升遷機會得多的大型餐飲集團離職呢？

小員說，因爲其他的人都很混，都不求進步，他眞的看不下去，和「那些人」處不來。

他也坦白說，這裡環境較單純，薪水也不差，他打算待兩年，再考慮自己要何去何從。

不過，待了一年，小員就辭職了。

店長和他懇談很久，他還是決定離開，還是「那些人」的問題。

也就是，他覺得店裡的其他人都比他混，都不求進步，他真的看不下去，和「那些人」處不來。

的確，小員最大的工作問題，都不在服務本身，而在於常會跟店長說，誰誰真的很有問題，誰誰誰在打混……他提出的建議都沒錯，不過，卻讓他自己工作的心情很不愉快。

我告訴小員，如果我們每次都是跟「那些人」合不來，我們恐怕要看到的不是「那些人」的問題。如果我們自覺得自己已盡善盡美，卻把視線聚焦在比較「那些人」身上，那麼，可能是我們自己有問題。

我們內在何嘗沒有「憤世嫉俗」的問題？雖然，經過社會化的我們，在成年之後都企圖表現得溫和有禮。

然而，我覺得眞正能解除「老是覺得別人不對」的糾結點在於：**我們可不可以不要一直拿別人來跟自己比？他們有沒有進步，本來就不是我們要負責的問題。**

一直嫌別人，無益於提升自己。

可不可以跟自己比較就好？

如果一個人眞的覺得自己出類拔萃，的確應該有更大的企圖心。鶴立雞群的鶴，應該要想辦法讓自己飛到更適合生存的環境，而不是留在雞群裡批評雞。

他不能只將企圖心放在找一個「周圍讓我看順眼」的環境，而是要找一個「讓我看順眼」的位置。

就把那些抱怨別人的力氣花在讓自己更有能力吧？

或許，他的問題就在於管理學大師彼得．杜拉克所說的：「把事做對，不如做對的事。」他夠聰明努力，做什麼或許都做得好，但應該要想，自己到底想做什麼，企圖心何在；而不是讓自己一兩年就換一個工作，只企圖下個工作讓自己心情好一點。

在我看來，雖然這世界存在著一些「企圖心太大，執行力太低」的問題，但大部分人面對的卻是「企圖心太小，執行力用錯方向」的問題。

說實在的，「企圖心太大，執行力太低」的男性，往往在婚姻和家庭中帶來劫難，但是，「企圖心太小，執行力太高」更易成爲本來可以很傑出女性的盲點。

就像假想劇裡《後宮甄嬛傳》裡頭的嬪妃，如果她們這麼有能力在後宮角力，並且設下這麼多「局」的話，那麼她們每一個能力都不低於政務大臣，純粹是迫於時代放錯地方的問題（這當然是個假想劇，我們不必在此太認眞）。

如果你心裡一直覺得自己比同一個環境的人優秀很多，那麼，你可能要學會離開「雞群」做一隻眞正的鶴，而不是一直當一隻自命不凡的雞。

來講一位朋友的故事吧。美智（當然是假名，之後的故事情節，爲免對號入座，描述略有改動）和我在二十多年前因旅遊採訪而相識，當時，她是一位非常聰慧的二十歲美少女。

她生在上海附近小鎮，當時，中國經濟狀況並不太好，想要出國讀書，難之又難。

生長在書香世家的美智，一心想要出國留學，這也是她經歷文革磨難的父母對她的最大期望。

美智非常努力地念英文，由於當時電子信件並不發達，而二十多歲的人生變動也大，我也經歷搬家與出國等各種變動，我們二十多年沒有連絡。

這幾年，由於網路發達，我們找到了對方。

這時候，我們已經都有了家庭，也都是一個可愛女兒的媽媽。

她回到了中國，隨著丈夫住在廣州；生活過得不錯，是個少奶奶。

我們還相約到京都旅行過幾天，對於失而復得的友誼，我們都很珍惜。我後來才知道，美智眞的到了英國念了大學，英文說得和英國人一樣好，並且在英國公司找到汽車行銷相關工作；有一度，負責亞洲市場，做得有聲有色。

可是，由於她眞的是一個堅持「把事情做到十全十美」的人，所以，也因爲過度操勞與飲食不調，出現了胃出血狀況。

於是，愛她的丈夫勸退美智，後來她也因爲懷了孩子，放棄本來在英國的工作，回到中國當全職的家庭主婦。

讓孩子回中國受教育的理由，是希望她把中文打好基礎，因爲大家心知肚明，中國將是世界上最大市場。

然而，能幹的美智變了。

在她後來給我的訊息中，常常出現各種「不滿」的訊號。她把她的戰場轉移到孩子的學校，她常常透露「別的孩子的媽媽怎麼跟我比」的訊息：孩子的便當，要第一；功課，要第一；行頭，要第一……

最讓我困擾的是，她對於我的要求與關切，常讓我感覺有點怪異。

或許我不是一個活得太中規中矩的人，所以我們之間常會有一些莫名其妙的誤會。

某一次，她發微信給我寫著：「爲什麼你要作賤自己？」

原來是，她看到我臉書發了一張「晚上，忙完一天，喝一點威士忌」的照片。

我……才喝了三十CC呀。有這麼嚴重嗎？

「別大驚小怪好不好？」我回答。其實我的確是個愛酒也挑酒的人，我心想，我又不是酒店小姐，是爲了什麼要「作賤自己」拚命喝呀？

一年多前，我開始跑馬拉松，某日PO了「今天跑了六千公尺」，自覺得「寶刀未老」得意洋洋時，又接到她的微信：「你幹嘛要暴走，要作賤自己？」

天哪，這是什麼跟什麼，我在強身是爲了活得久點呀。我回了她：「嘿，可不可以不要大驚小怪，這樣我眞的很困擾……」

她發微信給我，常是幾百個字，講的大多是她從小的奮鬥過程，多麼辛苦在異鄉打拚，是家族中第一個成功留學的人，曾經招致多大的嫉妒……但我實在不擅長也沒有太多時間用通訊軟體交談，只能簡略回答。

她必覺得我不重視她。

有一天，我收到她近千字的絕交簡訊。大意是說，她自小是優等生，是家族榮光，骨子裡是驕傲的，如果我這麼不重視她，只把她當一般普通朋友，那麼她覺得受到很大的委屈。她交朋友也是很挑的……

我嘆了口氣。

我心裡想的是，算了。如果我還是一位少女，朋友不喜歡我，我可能會很在意，連學校都不想去。但是，我的人生已經過了一半以上了，我的交友原則變成，大家如果個性認知眞的不同，就不要互相干涉，互相卡住，請各自珍重，各自表述，各自幸福好了。

然而，到底覺得可惜。我其實明白，她把一丁點小事都看得很大，一直在那兒比比比，是因爲她現在困在家中，失去了戰場，無法大展鴻圖，所以唯一能展望的只剩過去。

一直希望在別人的生活中有舉足輕重的分量，所以她才會企圖發出這麼多聲音，她其實是希望別人由此注意到她，重視她吧。

人在江湖，我一直看到許多「並不是故意要讓別人活得不舒服，只是希望別人看到自己重要性」的人。

說眞的，雖然有時也會忍不住要囉嗦幾句「幹嘛要創業，幹嘛要做節目，幹嘛要忙得這麼累」，但我眞心感謝自己要應付的事情多，擁有的視野也不得不變大，更要肩負許多責任；否則，我眞的沒有把握，自己會不會成爲一個自以爲優秀卻只能在小環境中孤芳自賞的人。

因爲責任越來越大，而在磨練下人也不得不成熟，所以不得不一直要求自己的能力得要與時俱進，而不是一直留在一種「感覺自己走不出來」的困境中掙扎。

要求別人，比較別人，不如跟自己比較。

少年時，未必有什麼企圖心，只是不能安於現狀的我，多年來努力完成自己的各種小小願望，把眼前想做的事情盡力做好，然後，無法停歇地跟原來的自己比較，希望明天的自己比今天更長進一點。

這就是不假外求的成就感來源。

啊，如果眞的認爲自己鶴立雞群，那麼，不要讓自己住進太舒服的雞籠裡。

也不要在乎那幾隻啼聲和你不像的雞，每隻雞都有牠想叫的方式啊。

該逃就逃，我未必總是要負責任

時間所餘不多，不必互相蹉跎。該扛的責任要扛，逃，連自己都會看不起自己。該逃的若不逃，則會陷入泥淖，連自己也不喜歡自己的人生。

我想我額頭上應該有個像哈利波特額上閃電疤痕般的感應器。
佛地魔在做亂的時候，這個疤痕就會隱隱作痛。
我這個感應器一向還滿靈敏的。

＊＊＊

仔細想來，前半輩子我是個沒有太大志向，只是一個喜歡做點新鮮事，把事情做得讓自己滿意一點，向著光明面走的人。
在環境訓練下，因爲不太喜歡一直輸的感覺，變得意志力還算堅強。
然而，對我來說，意志力的成長過程，其實是一個逃亡的過程。
我的佛地魔是誰呢？是一種「巨大的負面能量」。當這種能量變得讓我頭痛欲裂，我只能靠邊閃。

＊＊＊

我不到十五歲時就一個人到臺北來讀書。

身爲一個鄉下小孩，這在當時已經是立下大志願，因爲那時候的臺北聯招實在不容易考。我大概得考到全校前三名（可能還是第一名），才有機會考上北聯的第一志願。

我原來進初中時的入學成績只是「還好」，而我當時非常非常瘦小，很多人小學四年級就比我高。

升初三時我忽然悟到一點：想脫離這個顯然對我的未來來說，沒有太多發展可能的故鄉，把試考好是唯一的方法了。

我的故鄉好山好水，但對於一個青少年而言，恐怕有點無聊。除了我的祖母沉默的身教和一兩位「從臺北來的老師」帶來的歡笑聲之外，我看到的人性成長面其實不很多。

城市人老是會說「鄉下比較純樸」，也未必是對的。

雖然過了中年後，我的確很喜歡回鄉，但坦白說，那可能是爲了田園風光，而非人文風景。

也許是因爲經濟上拮据和人們活得雞犬之聲相聞，也沒有什麼大事可做，我從小看到許多「茫然的大人」。

我在上一代的喜宴看過親兄弟醉酒後互拍桌子罵三字經的爭吵，我看過葬禮後爲了爭奪其實僅剩無幾財產的家人互毆，我看過長輩妯娌婆媳同住屋簷下的互相憎惡。年少的我無聲地看著看著，活在一個巨大的負面能量裡；家裡的笑聲很少，未曾享受過任何節慶歡樂的氣氛，家長們連笑都很少，講話一不順長輩的耳就會掃到「颱風尾」。就算是成績很好，只要家裡氣氛不好，我就會非常倒楣。

我的童年感覺就是「不管我怎樣做，我都一無是處」。這使我後來在教自己小孩時，非常非常小心自己的修爲問題。

當時我明白：只有成績非常好，才能逃到臺北來，這就是我努力的目標。

這是逃亡，如果要美化一點來說的話，是相當正面的逃亡。

當環境讓你不舒服的時候，每一個人的內在，都有三種聲音吧，一個是：衝吧，一個是：逃吧！

還有另一個聲音：忍耐吧。

必須坦承，我的「忍耐吧」的聲音，天生比較欠缺，極少出現。

我的原則其實簡單，對於有興趣的事，就衝吧；對於決定權其實不在我的事，就逃吧。

改變自己容易，改變別人難。想逃，到底還是因爲人的緣故。

我的逃亡過程很長很長。

大大小小。

蹺課算小的。這一點說來很不好意思，我不是好學生；其實本質上我到底也是個好逸惡勞的人。如果老師講課太無聊，或我自認爲已經知道了，整個大學四年我所做的壞事就是從後門溜走。應該要感謝臺大老師不愛點名，不然我鐵定畢不了業。

男朋友。

談戀愛談談覺得不對，逃。所以念書時，讓大學同學一直感覺我不斷地換

我不愛也很難交待理由，因爲我自己也不明白是什麼理由。

出社會後也延續著某種逃亡，工作悶了，覺得再下去沒什麼遠景了，逃。

也不是眞的很能適應各形各色的朋友，個性眞不合或愛聊八卦者，逃。

大概吃過一次飯後，便希望天長地久不要再有時間相處，免得硬要配合我很痛苦，直說我不感興趣則人家情面掛不住。

逃，逃，逃，其實是我的本能。

「逃走還是面對？」碰到事情時，常成爲我跟自己對話裡頭的第一句話。

年輕時候我逃的事情比現在多。

後來漸漸明白，很多事如果逃不了，還是必須面對，而且逃了後面對會更麻煩——像被加重刑期的逃犯的話，那麼，就別逃。

該承擔的要承擔，但是，也不能事事承擔吧？有些事，的確事不關己，最

好留給當事人解決，不用拿來自己肩膀上放。

（話說這世界上多的是承擔不了自己，卻把別人都扛在肩上大小事通管的人吧。）

＊＊＊

想逃，不叫消極，不是眼不見爲淨，不能把頭埋進沙漠裡；逃走的人，要有出路，不然，那叫做躲，不叫逃。

至今我仍會想逃的，大概剩下下列幾種人物事：

一、事：眞的不想做卻要我做的事。比如跟某些話不投機卻很熱情的人應酬，比如寫應酬文字。

二、物：不想吃的東西，不想買的東西，拜託你也別再跟我推銷了，我不會被說服的。不投機的話題，還是讓我的耳朵清靜些吧。不欣賞的人物，也別花時間討論了吧。能這麼堅定，也是年紀大的好處。

三、人：人比較麻煩。我覺得一個人過了中年，若還不會辨識朋友，那也未免太「天然呆」了。每個人應該都有交談得來，或志同道合的朋友；談不來的，請和別人交朋友，不要裝知心。

久混江湖的人都知道，說錯話已經很麻煩，但是對一個錯的人說對話，恐怕會更麻煩。

哪些人是我一定會逃，而也建議想活得好的人逃的，大概就是我前面所說的「帶著巨大負能量」的人。

一、專門以講別人的事情爲樂者。

二、一句話就會讓他想很多的人。

三、老是在抱怨別人的人。

四、一直自憐自艾的人。

五、會在好友背後說他小話的人。這種人很危險，看不得人好，就算你是他至親。

六、強迫要把自己喜好加到別人身上的人。這種語帶威脅的狂熱分子，現代交友網路上還眞的不少。

七、講話永遠不明他眞意的人。有些人講話只求「沒錯」，開場白好長，好客套，卻毫無眞心，說唱都是表面功夫，那，爲什麼要浪費別人時間來聽呢？

什麼該扛，什麼該逃，確實是我中年以後比較得心應手的功課。

同樣一句老話：時間所餘不多，不必互相蹉跎。

該扛的責任要扛，逃，連自己都會看不起自己。

該逃的若不逃，則會陷入泥淖，連自己也不喜歡自己的人生。

逃與不逃之間，靠的還眞是對自己的瞭解，和對過往經驗的歸納。越來越明白自己之後，這樣的判斷，就像哈利波特額頭上的閃電疤一樣，天生感應靈敏，是不是「壞東西」，幾分鐘之內立即分曉。

人的經驗值多了，難怪人說，年紀越大，戀愛會越談越短，不合則去嘛。

交朋友也是，老朋友歷經各種考驗，知心的就是知心。

當然哈利波特在小說裡是註定要來對付佛地魔的。

但我們不必。

我們不必拯救霍格華茲。我們也沒神力對抗每一種不公不義。

該逃就逃，是人生美好的自由。

困境時的乾坤大挪移

我放下「執著」的方法，是「山不轉，我轉」。

在轉動中，有時反而會看到一線生機。

有時，那個讓你覺得很痛苦的改變，其實是一道光。指引你改變的光。

忙了好些天，某天早上，孩子上學後，終於可以補眠一小時，悲劇就發生了⋯⋯砰、砰、砰，有人在拆牆壁！

感覺就是我床頭的那堵牆！

原來，隔牆人家又換了鄰居。

眞是幸運啊。我嘲笑了自己一下，認分地起床。

震耳欲聾的響聲，我的耳朵一直屬於「超級敏銳」型，到中年耳朵還是挺行，這麼大的噪音，確實讓我難以忍受。

看來，我等待了好久，好不容易可以享受大半天的「宅女計劃」（安安靜靜待在家裡做自己安排的事），就這樣泡湯了。

可是⋯⋯可是我答應小孩，今天要做和風漢堡排的啊⋯⋯我的材料早已安置在冰箱等我⋯⋯這天晚上，我還得進攝影棚錄兩集節目，等我回來，就來不及了。

還是得現在做⋯⋯

我是一個不喜歡食言的人，更是一個說話算數的媽媽呀。

忍耐著簡直是來自地獄的噪音，我開始動手。和風漢堡排其實有點麻煩，要把牛肉、豬肉及洋蔥薑等細末混勻，還要爲了讓它結實點努力摔它；足足花了三個小時，我做了二十四個胖胖的漢堡排。然後，出門上工。

雖然難以忍受，但是，當我專注做著漢堡排，這些敲打的噪音，在我專心一致時威脅變小，甚至被遺忘了。而且，在我小心翼翼（提防被油濺到）把它們煎熟時，回想起來，噪音變得幾乎聽不見了……

因爲，我很專心地在做漢堡，一心想在限定的時間內將它做完。

說起來，這只是生活中不值得一提的小事。

我想「介紹」的是一個神祕的乾坤大挪移心法，這個方法，看來很簡單，但幫我很大的忙。

那就是，當一件事讓我痛苦又驅逐不散，必須面對時，那麼，最好的方式，並不是一直被它困擾，而是把自己的注意力先轉移到其他有趣的、讓你可以專心的事情上面。

當然，某些讓人生痛苦的噪音還是先逃爲妙，但是當你一時逃不走或它無法去除時，我必須想辦法讓自己不膠著於此。不要整個腦裡都是它，不要只是消極地被它控制、被它困擾。

不管走到什麼樣的困境，總是可以找到出路，只要有心。

* * *

就跟我在〈揮別迷宮老鼠的焦慮〉裡談到的類似：

首先，先放下你的腦。

人在痛苦中，若還是用我們被痛苦束縛的腦想，恐怕看不到痛苦之外的天空。

有一位女性友人，面臨到和她交往七年的男友分手。

他們這一對，我是同時認識的，剛開始眞的以爲他們是一對夫妻。

他們是共同創業的夥伴。我還曾開玩笑說：哇，眞不容易，公事和私事都混在一起。

某天夜裡，她（我們喚她小慧好了）傳簡訊來，說自己好痛苦。交往七年，走不下去了。

我才意會到，原來他們只是一對很固定的男女朋友。

「這一個月，我只見過他幾次面，他連我們的家都不回來了。」小慧說：「我和他交往這麼多年，一直是我在忍耐，安慰自己要寬宏大量。他總是有很多人要照顧，朋友的事就是他的事，前女友和前前女友永遠關他的事，連前女友的家人有事，他也可以因此對我失約。我漸漸明白，他這種博愛，或許永遠不會改。」

這個月，是有事發生了。他爲了幫某位友人選公會理事長，忙到徹夜不歸，有人跟小慧說，他是在幫忙競選沒錯，但旁邊有個亮麗女子。

她是誰？

他答道，是理事長候選人的祕書，這選舉怕有黑幫介入，這女子需要他的保護。

小慧說，她本來想信任他，但還是查了一下這女子的來歷。才發現他騙了自己，這名女子根本和理事長沒關係，不認識。

身爲事業女強人的小慧，做事還是有打破砂鍋問到底的魄力。查到他的行程，當面對質。

他身邊的亮麗女子勃然大怒，罵小慧瘋女人，甚至動手拉扯小慧，他雖然勸架了，但很明顯的，小慧看在眼裡，知道他站在新人那邊。

她說自己哀莫大於心死。

這個男人還在一夕之間換了電話。

他，怎麼這麼狠？那麼兇悍的女人，爲什麼他如獲至寶？

我跟小慧說，感情起落讓人難受，但是，如果明白了，自己再爭也還是失落，爭回來了，也可能是個留不得的。那就得忍受失落，雖然，在別人的感情中，非當事人的我們，真的無法說些什麼。

她在沉重的沮喪和傷痛中，說什麼，怕也聽不進去。

我只是站在保護她的立場，請她不要再在這個感情事件中去爭什麼公平正義。

你或許是對的，他或許談這段新感情是如同跟鬼拿藥單，但是……

「請記得，不要跟鬼打架，也不要自己鬼擋牆。」

跟鬼打架，意謂著從事傷害自己的無謂爭鬥。越想贏，會越掉進復仇的狂熱中，終至看不清楚事情的本質。

不要鬼擋牆，是別讓自己一再地在傷痛中回想，那麼，會越來越出不去。

像被放進迷宮的老鼠一樣，撞牆撞得滿頭傷。

痛苦有時會挾持我們的腦，使我們用盡全腦力去做一些其實沒有用的事。

年少的我當然也有這樣的經驗，想要揮去傷痛，想要快意恩仇，想要還以顏色，越做越錯。

被傷害，傷痕是會漸漸復原的。只要願意靜下來，找另外一件事，專心地做，甚至，換另外一個地方生活也行。總之是爲了要變好。

後來自己爲了想扳回一城所做的傻事，副作用可就比失戀本身大得多。

現在想想，是告訴自己：是啊，我談錯戀愛，我血本無歸，我看錯人，是我照子沒放亮……那就算了……

反正用掉的青春要不回來，是經濟學上的「沉沒成本」。

呵，就算沒念過經濟學，沉沒成本也要學。也就是說，那些投資，要不回來了，不管怎麼加碼，都要不回來了。

反正再走下去也沒有好結果。

我們不必要執著於那一股恨意。

縱然不能忘，也要將自己的注意力，努力移開。

痛苦，會越想越讓人扭曲。

是的，忘掉那個痛苦的噪音，若暫時無法逃離，也最好另找事做。

＊＊＊

不只是感情。

我相信，有時再愛一件工作，我們經年累月地做，都會感到厭煩，火氣上升，感覺前頭的路被堵住。

這種感覺在我的人生中出現了無限多次。

有時會厭煩生活本身，有時會將怒氣莫名其妙遷往最常在你身邊的人，有時會因小小的事對人性絕望。

我會在自己咬牙切齒或疲憊不堪想要下一個悲觀感嘆之前，深吸一口氣，站起來，去做別的事。

無關的事，或許如煮一道新菜，跑步，或許去一家新的咖啡店考察……有時報名參加某一個以前沒有時間上的課程之類……或旅行。

再繞回來時，往往覺得「並沒有原來想得那麼糟」，沒那麼嚴重呀。有時候想想，也不是別人的錯，是自己強詞奪理嘛。
我放下「執著」的方法，是「山不轉，我轉」。
在轉動中，有時反而會看到一線生機。
有時，那個讓你覺得很痛苦的改變，其實是一道光。指引你改變的光。
所以，不能自己一直鬼擋牆，在痛苦的地方兜著，不忍離去。
呵，別追究了！
山不轉，自己轉！
這是我的困境乾坤大挪移心法。很多地方都有用，情場，職場，甚至是金融市場。
都不能死守，都得找方向。
我不要當守四行倉庫的八百壯士，這不是戰爭。

鬥爭無所不在，所以你要……

其實，如果你討厭有人來爭或跟人鬥爭，要終結職場鬥爭只有一個方法，就是能不幹的人最大。能不幹，要有「底」。

有位大學時代的同校好友，在當了多年「流浪教師」之後，終於找到正職。

我和她，在大學時期算是「有點熟又不會太熟」，畢業後各奔東西未曾連絡，某個同學會中重新撿回友誼。

我們，當然都變了很多。我不再是以前的文藝少女（其實以前也不過是裝氣質裝文靜而已），而她以前體態比較「雍容」，現在變成了一個穿得很像美少女的老師，目前仍然單身。雖然上了年紀，打扮倒比多年前新潮，或許因爲沒有家累的緣故，說話也仍有青春無敵的態勢。

同學當然很驚訝於「找到教師正職」這個報喜的消息，因爲當時一進大學就選師範大學念的，今年都已可申請退休，而她還是「新進教師」。她是臺灣最好的大學畢業，但從這年紀才職有定所來看，不知爲什麼緣故，在求職路上不怎麼順利。

我們都恭賀她，但是，心裡卻爲她感到有點唏噓。啊，這麼多年過去了……

後來，半年後朋友們再次相聚，又看到她。問她在那個學校愉快嗎？她支支吾吾地說，進這學校時，她教的那科科主任，是她以前的同班同學，本以爲同學會給「最老的新人」一點照顧，但是打擊她最大的卻也是這一位。

飄泊有飄泊的辛酸，固定下來，又有另一種難處。

「當初想要當老師，除了喜歡教書之外，是因爲我覺得這一行單純，但是，真不是我想的那樣……」她說。

而幾乎在同一段時間，有位在大學教書的友人，辭去了工作。

她是一個非常溫柔典雅，輕聲細語，氣質極佳，十分有才華的女人。或許因爲她人太好，氣質太優雅，從來不擅長鬥爭，所以從念書到教書，一路鬥她的人不斷，各種黑函和排擠也沒少過。

她說那天她心情極差，於是忽然決定要去旅行一下，到了一個非常美麗的港口，看著滿天彩霞映在海中，終於決定要辭掉工作。

教授是一個可以教到很老很老的工作，很少人勇於在中年時辭職。

我沒有問她眞正原因，總之，她看來是大徹大悟了，而她很有才華，中年後也有積蓄和其他可以做的工作，眞的也不缺這份薪水。

我可惜的是她教書教得極好。不過，大學教授顯然沒有像我們影劇圈有「收視率評估」（意思是只要收視率好，長官再討厭你也會裝作很喜歡），學生瘋狂選她的課，反而會引起其他人不舒服。

我笑她，辭職前看海的心情：「這好像是屈原到了汨羅江，在想要不要自沉！」她苦笑。

還好，她仍能夠憑著自己的本領衣食無虞。

無論如何，她已經做決定了。多年委屈，她決定不再忍受。

她知道，我也知道，這是人到中年的一種自由，不過，前提要件是，你要眞的不再爲五斗米折腰，家裡要有一個米倉。

我自己也有這樣的經歷：就算那薪俸是五十斗米，但是眞做下去還眞不符人生原則，自己也不快樂，那麼，「恥尸祿位」多年後，終有一天覺得「眞的可以結束了」，輕輕揮一揮衣袖。

要不要忍，除了家中庫存銀兩多少，年紀確實是決定因素。

年輕時，只能堅強，學會皮堅肉硬，不要太脆弱敏感，因爲鬥爭無所不在，你就算學不會鬥別人，至少也不要被人隨便踩。

但若餘年有限，如果可以，做自己的事吧；羅馬競技場留給你們這些勇士們，我退場過我的逍遙日子。

財富在中年後可買得自由。

＊＊＊

鬥爭無所不在。

我當過上班族、記者、自由工作者，出入過文藝圈、媒體圈、演藝圈、商場……

總歸一句：其實，這個世界上大概沒有什麼眞正單純的，完全沒有任何鬥爭的工作。凡有三個人以上，就有所謂人際利害關係。

不要相信有「非常單純的工作環境」，除非你是廁所清潔工，那個廁所就只你一個人掃，才不會有工作糾紛。

如果那個工作是除了你之外，還有別人想做的，或可以往上爬的，那麼，鬥爭免不了。

很多人的感言都是：「余豈好鬥哉，余不得已也。」

我父親從小要我立志當老師，當時告訴我的，就是校園裡單純，可以一捧鐵飯碗到退休爲止，還可休寒暑假。那時的學生很乖，也沒有怪獸家長。

我父親自己就是如此。他從沒做什麼行政職，就是教書，寫論文，在一所商專老老實實教了二十年；下課後就走，也不太與同事應酬，二十年後，以副教授退休。他沒有博士頭銜，是憑論文升等的，但也升不了教授，他一點也不在乎。

他這輩子不愛出頭，也沒眞愛錢，從來不會理財，卻會聽一些奇怪的內線玩股票，又偶爾會因爲太相信人失去積蓄，所以幾乎沒有存款，但至少每月有退休俸可以領。以前也發生過幾次「明知朋友拿的是空頭支票，他仍然到處幫朋友調現」的事情。至今個性仍然非常天眞。

我媽也是小學教員退休，同樣對於理財毫不精明。她也同情心十足，很難拒絕別人的請託，所以……不講你也知道會發生什麼事……

人的關係是互動的。

我某些對財務的精明，實在是「三折肱而成良醫」，後天慢慢地，不得不形成。

當然也糊塗過好些時間，只專注於本業，只要衣食足，根本不管帳戶。

直到我在某一天悟到：其實，如果你討厭有人來爭或跟人鬥爭，要終結職場鬥爭只有一個方法，就是能不幹的人最大。能不幹，要有「底」。

不會開源與理財，還眞難有底。無恆產者無恆心，戰不勝通膨，也難有什麼底。

＊＊＊

我在影劇圈也二十年了。有人說這圈子黑，但其實我覺得還好，我常開玩笑說，那是因爲沒有人垂涎我的美色，所以我看不到黑。

影劇圈主持人哪個不怕收視率？但從某個角度來說，也要感恩收視率，收視不好，老闆怎麼偏心扶植你，都挺不了太久。

有人說，最黑的影劇圈在韓國。幾年前有位韓國女星自殺的新聞，才掀起南韓影視圈黑幕。

女星以死控訴她的經紀公司老闆逼她多次陪睡，若反抗就會被施以暴力，遺書引起群情激憤。但卻苦無證據，造成了「大家都知道那個老闆是壞人，但接受性招待那一方誰會認罪？」，法官想要幫她伸張正義也沒辦法。

直到二審，法官只能判定女星生前確實被迫陪酒，判這個壞老闆賠錢。這筆錢，算來只有臺幣七十多萬元。

這是遲來的公道嗎？一條命，當然不只七十多萬元。可嘆的是她生前並不敢反抗這制度，她接受了，看來「不得不」，卻十分自責，無限懺悔，直到賠上自己。

不敢反抗，是因爲全然不得已嗎？還是她一定要留在這個圈子裡，所以有所顧忌？

不得已的痛苦當然有。但也只能說，這些把女明星當陪侍的「常在」（清朝內宮職位）的長官，通常也是「柿子挑軟的吃」。

以死控訴是最傻的。民主時代，到底人不是完全不得已。別人要如此踩踏你的尊嚴，你不能也不必全然接受。

不該吞忍的，實在別吞忍。遲來的公道，畢竟不可能是眞的公道。

＊＊＊

我的原則絕對是：人不踩我，我不踩人。

人若踩我呢？年輕時我必然出聲。過了某一段年紀後，爲了工作，我也曾忍。忍耐是權衡輕重後的選擇，我是個不喜歡失業的人，當時只有這一個工作。

想辦法溝通，想辦法跟自己解釋：他不是故意這樣欺我。這樣的人，旁邊是誰就欺誰，只因鬥性堅強。

我不承認社會黑暗，但也看過幾次：有些人還眞是兩面人，表面溫和有禮，溫柔嫻靜，其實是笑面虎一隻，專門在你看不到的時候伸出腳來絆你一跤。

好在後來有另一條路可走，就另謀出路。

忘了這個人，比看見他好時——那麼，還是相忘於江湖吧。

人最怕是出於不得已而鬥之後，卻又沉迷於鬥爭，最後冤冤相報，忘了自己存在的目的和本質。

鬥爭無所不在，不用質疑，但我必須讓自己有個「底」，有可以走的能力。這能力，還是得有耐心培養。其中一定包括理財，有財可理，這樣才能確定自己可以好好活下去。

人若踩我呢？其實也未必要費力回踩。有的，閃就是，別讓他踩第二次。

你知道你到底是誰嗎？

年少時曾以為自己害怕寂寞，但硬要跟大夥兒湊合時，
不知怎麼在眾人裡更覺寂寞，思緒混雜。
原來，和自己相處，才有助於我的減壓。

還是得從一個有點黑色的案子講起。

有個中年男子被他二十出頭的兒子殺了。

二十歲就娶妻生子的他，已使用暴力威脅妻子的性命許多年，這一天，他又在妻子睡前說了很過分的話。

大意是：我不如扭斷你的脖子，讓你只剩眼睛看得見之類的。

他會打老婆，但是，大概都不會到害命的地步。不過，他凶光四射的眼神，總讓全家人感覺他「有一天」將會是說眞的。

兒子當晚睡不著，在客廳來回踱步。他終於決定殺了他的父親，他很冷靜地進行，然後自己打電話報警。

其實這個男人因爲對家人施暴，已經被通報過很多次。只不過，只要有警察和社工人員一來，他馬上變成溫和的笑臉。

他是個虔誠的某宗教信徒，還常和一群師兄姐做義工、踏青，大家都覺得他是好好先生。

在家裡，卻變成一個惡行惡狀的加害者。

他不在了後，他在家裡的惡行惡狀都曝光了，認識他的人們都表示：「真是難以置信啊！」

很熟悉的情節，不是嗎？當一個人犯了大錯，認識他的人總是很訝異，搖頭說：「不可能吧？我認識的他，人很好啊，怎麼可能？」

很多犯了「無可彌補的大錯」的罪犯在法庭上也會表示：當時像著了魔，不由自主，清醒之後，我後悔了……

無論如何，在外人面前，做「理想的自己」是容易的。

在「不覺得是外人」的自己人面前，或在只有自己一人時，被酒精與其他藥物催化，或被某些小小的事情大大激怒時，這些人就會不由自主地把某個隱形枷鎖打開，變成比較粗糙的自己。

有時落差之大，連我們自己都不認識自己。

＊＊＊

「你的EQ很不錯啊。」

當我聽到有人這麼讚美我時，我眞的覺得很不好意思。

我心裡到底明白，我的EQ還眞的是天生差，實在差，非常差。

只是我不想或不敢表現出來。

遇到某些討厭的事情時，我內心裡的OS還眞的很難聽，當然還是不說出來爲妙。

中年之後，看起來彷彿心胸比較寬大，比較不計較不計仇；就算對於說過自己什麼壞話或「恩將仇報」的人，我也可以假裝不知道，一樣對他笑，那當然是思考過「這才是最佳策略」的結果。

比如說，螢幕上大家常見的某些專門靠嘴的人物，的確有一兩位被我認爲是「超級小人」，最好這一輩子不要有什麼關聯。

但在職場上，還是要見面。

我當然要有笑臉，雖然絕對不可能開口對他說什麼重要的話，但也不必讓他因爲懷恨而找機會對你落井下石。

某次，某位小人還請我幫忙一件小事。由於是舉手之勞，我還是幫了。

「你眞的好度量吔。他（或她）上次在節目上怎麼罵你，你不知道嗎？」

還好我沒看、沒聽，看到聽到，確實還會更生氣。所以人家這麼說，我也不查證，沒親眼看到的，當沒事吧。

「不要太關心自己的新聞」是我在螢幕上還能存活的「亂世生存法則」。有的根本是有人故意挑起的事端，不回應，一下子就過去；不知道，心裡也不會有陰影。

《聖經》上有句話說：多言多語難免有過，禁止嘴唇是有智慧。說的就是「言多必失，多言惹禍」。

我是所謂的「俗辣」，絕不去「谷歌」自己的名字。

當然這也造成滿多笑話，當朋友用同情眼光看著我說：「辛苦了」、「你受委屈了」的時候，我還常眞不知到底是哪件事。而我身邊很熟的朋友，在明白我這個「裝死」的習慣之後，也不會再來打電話問：「這到底是什麼事？」、「你眞的跟誰不合啊？」（記者高興寫我跟誰不合就寫吧，隨便！我也不必爲了假裝沒不合，就裝親熱……）

我有一群好朋友，相約大家不要問彼此「被媒體披露的事」，除非是好事！

你若要說這是一群「鴕鳥俱樂部」也可以，但大家都忙，好不容易相見，何必哪壺不開提哪壺？

進廚房的人誰能不惹油煙？檯面上的人誰沒有被踢過？

不過，要說我「EQ很好」，我心裡明白，那是控制過的結果。我的脾氣絕對不好。

我只是決定不要發作。

我必須坦承：有些時候，我會聽見自己心裡在罵「三字經」的聲音。很多話並不好聽，只是我沒有說出來。

講一個比較溫和的案例好了：比如正在聊重要的事，忽然有一位真的不瞭解狀況的人來頻頻打岔，忽然生出一些根本風馬牛不相及，或一問要為他講解三小時的問題。

「這真的關你的事嗎？還是只為了滿足你的好奇心？」我的心裡會這麼說。「拜託請閉嘴！這一位到底是誰的朋友啊！真不識相。」

只是，我沒有這麼直白說出來。

我會問：「請問你要不要再吃一份甜點？」、「咖啡涼了，你還是早點喝吧。」（意思是嘴巴可以做其他用途嗎？）不然，顧左右而言他。要不，乾脆拿起手機：「糟了，我忘了打一通電話……」

我的耐性其實也很有限。比如遇到好久不見的朋友，結果他約你喝茶是為了推銷保險，或要你投資一個看起來像詐騙集團的東西。

如果你回答：「我從不買保險。」（我當然有我的理由），他還會問你：「爲什麼？」然後你若解釋完理由，他還會用他堅持的方法來說服你，這種交談，比念書時打完辯論賽還累。當兩個人想要的東西完全不同時，談話絕對不會有交集。

我後來用的解決方法是：如果我們不是很熟的朋友，要約下午茶，可否先說明來意？有些事情，就不要勉強了。

如果我可以那麼容易被說服的話，我就白活半輩子了。

當然，在過人行道時，如果有很沒禮貌的車子按我喇叭，我的心裡也還是會罵他一句難聽話。

沒罵出來，但是我明白，我的心裡還是有一股類似「暴力傾向」的東西。我知道我性子急，不耐煩，更耐不住囉嗦，雖然不表現出來……

我的脾氣一點也不好，只是越老越不易發作而已。我有些方法，可閃、可逃，可避開一些必然的窘境，只因教訓多了，眞不想承受「發作後的副作用」。

＊＊＊

話說，我從殺人案開始談起，要聊的就是：你到底是誰，你知道嗎？眞的知道嗎？

很少人天生就知道，都要經過多年摸索。

事實上，大部分的人都處於「似懂非懂」的狀況，而且有趣的是，我們對自己的認知，實在和別人所看到的不一樣。

自以爲是賢妻良母的人可能是個悍妻也可能是個囉嗦的女人。

自以爲溫柔的人可能用的是一種以進爲退的要脅在控制別人的人生。

自以爲無所不能的人可能很自卑。

雖然大家都會說「走自己的路」，但自己在哪裡？路又在哪裡？總要跌跌撞撞，眞正一路清楚的人不多。

多的是在中年後才大徹大悟的人。忽然辭職去旅行，忽然轉行去種田，忽然從文靜書生轉向極限運動。

忽然，是因爲在某個時間點看見了某部分的自己。

這個「忽然」，其實是靠長時間摸索才得出的自我認知。

活到「終於懂得自己」，或發現自己長久誤解了自己，也是一件好事。

＊＊＊

爲了生活，我也變成了某種「裡外不一」的人。

比如說：

在媒體圈，我是一個靠嘴工作的人。

其實我知道，我非常不愛聊天，不愛講話。

有一段時間，經紀公司幫我請了司機，那位大姐眞的很愛講話。我統計過，如果我不「刻意應付」的話，我講一句，她至少回十句。十句中有五句的意思是重覆的，其他五句每一句都企圖勾出一個「可以聊很久」的問題，每個問題未必集中在同一主題。

如果你不回話，她就開始像導遊一樣介紹路況；若你想讓她安靜一下，建議她聽收音機，她還會就收音機播報的新聞像名嘴一樣，發表一些很有自信的意見或評論。

直到我客氣地跟她說：「我剛剛眞的講了很多話，現在我必須安靜一下，喉嚨很痛沒法聊。」同樣的話講了幾個月之後，她也才大有改善。

因爲她總在媒體上看到我在講話，所以她誤以爲我是個跟她一樣健談愛聊的人。

事實上，我是很享受安靜的。

唯有安靜和孤獨，才能思考。也許說自己安靜，很多不熟的朋友會跌破眼鏡，但一整天可以都不講話確實是我生命中的眞實，如果不是可以一個人安靜很久，怎麼可能寫作呢？

一直到現在，那種「無主題要聊的下午茶邀約」，以及「漫長而沒有結論的討論會」，還是我避之唯恐不及的事情。

我瞭解自己對沉默的需要。

所以，如果覺得自己身邊太嘈雜，我就需要自己靜一下。

就算是坐在公園裡看著天空也好，跑個步也好，看個書也好，給自己不必講話的自由，才能減壓。

「一個人會不會不安全？要不要我陪？」有時會遇到很熱情的朋友這麼說。

我現在都會直接溫和地說：「眞的不用，我需要自己靜一靜。」

我眞的不是那種很喜歡有人陪的女生。大部分時候我很享受獨自一人的旅行，帶著書和筆電，如此而已，我和自己相處得很好。回國，才有力氣重新出發。

那些別人看似寂寞而無法理解其中樂趣的片刻，事實上是我生命中很自在的時光。

年少時曾以爲自己害怕寂寞，但硬要跟大夥兒湊合時，不知怎麼在眾人裡更覺寂寞，思緒混雜。

原來，和自己相處，才有助於我的減壓。

瞭解自己之後，我堅持著，非有這些「一個人的時間」不可。在我每日的工作列表裡，我會把「我需要的個人時間」也列出來。

那是重要的「空檔」，有這些可以只跟自己交談的空檔，我才能活得從容，所謂的生命品質，才不至不由自主粗糙起來。

「眾裡尋他千百度，驀然回首，那人正在燈火闌珊處。」這闕詞用來詮釋我的中年心情，再好不過：我找自己找了很多回，就在中年時候看到了，在人最少的地方，我才是眞我。

你值得過得更好——那些巴黎教我的事

我學到了非常重要的事：不管怎樣，要過得好。不管你是一個女兒、一個母親、一個上班族，要盡量讓自己過得好，提醒自己享受生活的美味。

人生的各個階段都得解決不一樣的恐懼，生命才能成長。

——Joan Chittister

＊＊＊

我二十五歲的那一年，曾經辭職去巴黎。

那是我回想起來不知該哭還該笑的事情，但從現在看來，也是最莽撞而美好的一個倉促決定。

那是我人生中最困惑的時候。所有的事情都不順利，簡單地說，就是人生不知何去何從的那一年。

我從研究所畢業不久，工作一年多。那時的我，非常不快樂。感情，失敗；人生，茫然。甚至感覺我沒有未來，家不想回，連自己的情緒也無法收拾。

在這之前，我從來不是個理性青年。做事全憑直覺，身邊也沒有什麼「智慧長者」可以給我意見。我像一頭蠻牛，憑著自己的一點點小聰明和小努力，衝啊衝啊，似乎還能走在所謂的正途上；然而，在那一年，我看到的彷彿是一片黃沙滾滾的大漠。

前頭並沒有路，我也失去了方向，在感情和工作上都一樣。我覺得頭上的烏雲越來越張牙舞爪，周遭環境讓我有很深的窒息感。

我像得了「半套」的憂鬱症一樣，白天看來好好的，但整夜不能睡。而心裡也有個聲音對我說：你完蛋了、完蛋了。（我後來發現，只要在這種「不能睡」狀況中，都意味著人生即將有重大變革。我不可以假裝看不見，我必須正視「爲什麼不能睡」這個問題，那代表我內心在抗議。）

我先辭掉一個薪資還算優渥，但內容不斷重覆的工作。我想，在一個「臺灣第一大雜誌」當一個吃喝玩樂的版面編輯，每年重覆情人節和母親節的專題這件事，好像也不是我願意奉獻此生的事業。

到新疆做了一個自己想做的採訪後，我提領所有的存款到巴黎。

年輕的時候我是多麼直覺的一種動物啊。我看了海明威的《流動的饗宴》，這是他追憶自己二十二歲時巴黎生活點點滴滴的一本書，於是一句法文也不曾學過的我到了巴黎。

我來到花都，因爲無法繼續面對周遭一切現實。

海明威說：「如果你夠幸運，在年輕的時候在巴黎生活過，那麼，巴黎將會永遠跟著你，因爲巴黎是一場流動的饗宴！」

我只是在找一個可以逃走，又讓我能嚮往的地方。反正我什麼也沒有了，不怕任何失去。

雖然當年在巴黎，我發現了「最浪漫的城市最現實也最潑辣」這個事實。一年之後，我又重新回來面對一切現實，赤手空拳回來建築自己，我曾經日日暗暗咒罵這個地上到處都是狗屎的城市。

活了半輩子之後，細細追索這之後所有「我之所以變成我」的源頭，我很肯定：

目前爲止，教我最多事情的城市，應該是巴黎。

在法國，我過得不好，心情也很蒼涼，但是巴黎默默教我一些東西。

人生中看似微不足道的小決定，一個不按牌理出牌的脫逃，竟然可以有那麼強大的意義，不知不覺讓軌道轉了個大彎。

＊＊＊

如果你是道德重整委員會之一員，你一定不能理解巴黎。

二十年前，已經有一大半的巴黎人不願意結婚。

有人生了四五個孩子，卻還維持在「同居」狀態；包括法國最有權利的幾個人，也都過著這種「浪漫」的日子。

這個城市的婚姻並沒有什麼實際的約束力。

我當時聽過最巴黎的故事，是暑休時（巴黎的上班族也有暑假），太太跟先生說，嘿，我和朋友去玩了。先生應了聲：好呀，我也和朋友有約。

結果，一周後兩個人在蔚藍海岸遇到。

太太和一個男人走在一起，遇到了帶著另一個女人在海灘上曬太陽的先生。

兩人淡淡說了聲：Bon Jour!走了。

暑休後，回到巴黎，一切回歸正常生活，誰也沒提起這件事。

這不是什麼太好的婚姻範本，但你可以藉此明白，他們對於個人自由的尊崇程度。

當時我在巴黎認識一位香港出生，在某亞洲文學研究所教書的張教授和他的女朋友。兩個人都近五十歲了，相處多年，但也都不認爲自己應該結婚。

張教授說，他不會回香港、回亞洲。因爲在亞洲，所有人都把別人的私生活當成自己的事，光口水就可以把人淹死；就算再有定力，還是煩不勝煩，只有在巴黎，他們才可以做自己。

是的，做自己。

巴黎教我最重要的一件事，就是「好好地過活，做自己」。

如果你仔細觀察巴黎的女人，你會發現她們應該是地球上活得最自由、最自我的女人。

有個玩笑話說：「巴黎沒有四十歲以上的女人。」心境上，她們到老都還年輕地生活著，她們不像東方婦女一樣以奉獻犧牲爲美德，自己也過得很有風格。

她們不減肥，但好像也不太胖，據我觀察，原因之一是地鐵總要走很遠，原因之二是愛好美食：吃好東西確實比吃我們的黑心食品不容易胖。巴黎的菜市場光馬鈴薯就有百種，乳酪有幾百種，紅酒有幾千種。

她們吃飯，每一口都像在享受和品味，用自己不疾不徐的態度，說明了生命就是該耽溺在自己覺得美好的享受上。

她們沒有太在意別人怎麼說，堅信「如果你能活得和別人不同，那就是一種藝術。」

她們重視生活細節的美學，也享受自己做的事。她們活得不像東方女性那麼沉重，那麼看人臉色。道地的巴黎女人，不是群體的動物，一個人也很自在。她們不是做什麼事都得要得到別人認同，沒有什麼群體的包袱。

我學到了非常重要的事：不管怎樣，要過得好。不管你是一個女兒、一個母親、一個上班族，要盡量讓自己過得好，提醒自己享受生活的美味。

就算我很忙碌，有時也累得像條牛，但我會盡量讓自己舒服。這並不是從巴黎回來就立刻能體會、能做得到的，而是隨著年紀，漸漸越來越順手地對自己好。

我從未因爲過度工作而讓自己吃得太壞。再忙我都不虐待自己的胃，更不虐待自己的情緒。

盡量讓自己不留在陰暗的情緒泥淖裡，我會企圖用自己的力量改變心情，也許是一杯美味咖啡或甜點，就可以點石成金。

我不太盲從。如果這件事讓我覺得不舒服，我寧可不做。

我想我是個不太有美德的東方女人，我常會直接且溫和地在會議中提醒：可不可以說重點？

或溫和點明：「我尊重你的意見，但請不必說服我，因爲我不打算這麼做。」特別是在有人推銷產品或某種觀念的時候。

我不太管別人家的閒事，非常不愛無特殊主題、東家長西家短的下午茶。

如果有這樣的空閒，我寧可放個音樂自己看本書。

我基本上把自己弄得很端整，只要我醒著。

我不太縱容身上的肥肉，會採取一種我覺得精神愉快的方式讓它們道別，我不自我安慰「因爲我已經中年了」、「因爲我已經生過孩子了所以……」。

我不想當黃臉婆。不想沒有姿態與體態地活。

任何時候我都不會像在菜市場一樣吼叫般地說話。（此刻，我因隔壁家裝潢，在咖啡館寫稿，對於鄰座的大學女生私人聊天時，大聲談笑得像在演講很不以爲然。這是我在本地常看到的女性特色：該小聲說話時，比如私下聊天或跟小孩說話時，嗓門超級大，輪她公開演說時則聲音小得像螞蟻……採用適當音調與聲量對華人女性而言，似乎是百年無法進化的問題。）

所謂的巴黎式優雅，不只是外表，絕對包括如何用適當音量說話，不是每個地方都是你家。

我不能接受「因爲大家都……所以你要怎樣」這種理由。

至今也不太能適應「啊，你一個人去旅行？沒有帶老公小孩去？」這種習慣性問話。

亞洲女人的孤獨常被視爲是不幸福。巴黎女人則認爲這是一種享受。

我的「自我」比起她們還差很遠。

但是無疑地，我是那種「就算亂世浮生，生命中還是要有一些華美精神」的信仰者。

我盡著一切責任，但我總是牢牢擁有自己。

＊＊＊

我說的巴黎女人，未必是活在巴黎的女人，而是到老都相信，生命很值得享受的女人。

有半顆心，我始終放在巴黎。

不再為荷爾蒙付出代價

越想得到愛情的空虛的心，越容易被愛情捨棄。

好聚好散是風度。愛永遠無法強求是真理。

千萬別愛得死去活來。那麼，愛真的會很快死去。

廣播直播中。

塔羅名師小孟坐在我對面，這是我們節目中的「塔羅時間」。

「我想要問的是，最近有兩個男人在追求我。我不知道哪一個好，我好困擾……」

「說說看，形容一下……」

「一個比較大方，一個比較溫柔……」

有點抽象。這樣很難選，又不是在選冰箱，一個容量大，一個省電。乾脆直接問：「你喜歡哪一個呀？」

「我喜歡……我也不知道……」

不過，聽她的聲音……好像不是很年輕……

「你今年幾歲？」雖說年齡是祕密，反正廣播裡只聽得到聲音。

「五十二……」

＊＊＊

「我想請問的是，我將來還有沒有機會找到好歸宿？」

「你要什麼樣的歸宿？」

「一個可以相伴到老的好男人……」

「你空窗期多久了？」

「三年了，我先生三年前去世。」

「不好意思，請問你幾歲？」

「五十多一點……」她說。

＊＊＊

我眞是忍不住想說點話。

是的，不管什麼年齡，愛仍有它的吸引力。

不管你有多大事業，若無人愛你，生命畢竟是有缺憾的。

我都明白。

我很佩服女人在活了一大半之後仍有對愛情的渴望。但是……但是她們的聲音仍然如此無助。人生走到了一半了啊——這個時候，應該有比愛情更值得我們投注熱情的東西吧？

我們可不可以不要只做一個「等愛的女人」？

可不可以，至少，不要再為愛那麼混亂？至少應該能夠看得懂，什麼樣的人適合自己？

＊＊＊

我的確看過，中年之後才終於找到彼此的人：兩個人經歷許多風風雨雨，或者曾有各自的家庭，最後，終於找到人生中最適合自己的人。在「夕陽無限好，只是近黃昏」時，還是決定在一起了，也過得很幸福。

成熟的人，會有成熟的幸福。

但我也看過許多到了中年，在感情上還和年輕時一樣「殺氣騰騰」的人。

在本地什麼事都不算太怪的事。前一段日子有這樣的實際案例：八十歲老翁在妻子去世後交了四十多歲的女友，每個月給予豐厚生活費。女友出國時炫耀有男人對她多好，老人越想越生氣，於是行兇，執行「如果你有別的男人，我就讓你求生不得求死不能」的殘酷計劃……

另一則是一對男女朋友，女友要分手，男人不甘心，尾隨女友，要同歸於盡……這男人想要強迫女友喝掉殺蟲劑，所幸後來女友奮力脫困。

讓人驚訝的還是年齡，男人已六十多，女友也差不多，都是後中年期了。

當然我們都看過，世界上還是不缺這樣的母親：遇人不淑或變成單親後一直找「依託」，但太急著找對的人總又遇到錯的人；不管兒女如何受虐，她一定要跟一個對她十分粗暴的同居人在一起，到老更分不開。後來兒子長大了，終有一天對抗起讓他的母親一直受苦又走不開的男人，於是……

這些故事的社會新聞原版都比我描述的更駭人聽聞，我不忍詳述。

我總會想，這一些過了中年期，理智應該有所體悟，而「荷爾蒙應該漸漸作用沒那麼強」的人，爲什麼對感情的依賴仍然如此強大？

讓愛和嫉妒在生命中還占著百分之百的上風？讓衝動還像一股強大焦急的風？動不動就吹垮自己不堅不穩的人生？

＊＊＊

年輕時「愛情至上」的勇氣無論如何可以寫成文藝愛情小說。

中年時還用如此毫不理性的方法談情說愛，實在沒有美感可言。

我們在很年輕的時候，都是從文藝小說或電視劇裡學愛情。

越瘋狂好像越精采，我大概可以歸出幾大「愚愛原則」：

一、男人要用盡手段追求女人。女人用盡方法整男人。男人克服萬難沒被整跑，就是眞愛。

二、沒有人阻撓的愛情不精采，最好還有情敵。情敵通常是富貴人家品格不高的子弟（類似《梁山伯與祝英台》的馬文才）。所以如果沒有眞正的情敵，女人也愛自己製造幾個：那個誰誰誰也對我有意思喔，彷彿掀起男人的嫉妒心才能證明自己有身價。

三、平淡很無聊。要有大大的誤會，大吵大鬧後才復合，才是轟轟烈烈的愛情。

四、愛一個人，一定要愛到沒有自己，捨身爲他，才是眞愛。

五、如果一個人眞的愛你，就會爲你完全改變。像毛毛蟲變蝴蝶一樣完全變態。

呵，年輕時讀了太多文藝愛情小說，談不好戀愛是應該的。

然而年歲漸長，如果沒有悟得教訓，那麼一輩子恐怕都耗在非理性的痛苦裡，浪費了一生。

齒搖髮白，還在夢想羅密歐的女人大有人在，還在追尋「夢中女神」的男人也不少。一再陷入感情的漩渦，並沒有享受到愛的甜蜜溫暖，只有煩惱與互相折騰。

可不可以從夢中醒來，正視自己所剩的時光中，是不是有比較有趣、自己可以決定的事情做呢？

把人生的圓滿與否完全依託在另一個人身上，其實是一種推卸責任的行為。

到老還幸福的戀人，絕對不是渴望轟轟烈烈愛情的人。

要長久相處，畢竟還是：嘴下多留情，沒事別激怒對方，大事都化小，小事就算了，過去事不再提……改變他不如改變自己，再愛一個人都得愛自己。

越想得到愛情的空虛的心，越容易被愛情捨棄。

好聚好散是風度。愛永遠無法強求是真理。

千萬別愛得死去活來。那麼，愛真的會很快死去。

我是這麼認為的：固然最可貴的是到老還有追求愛情的勇氣，但真的不值得再爲了愛情投注所有力氣。

除了愛情之外，此生如果沒有所愛的事情可以點燃我們眼中的火焰，那麼，就算是天上掉下來的美好情人，也沒有能力填得了心的空虛。

我不想做情緒的腔腸動物

任何問題都不必用來做情緒上的自虐。應該想的是：是不是可以解決問題。

有時要感謝生命中碰上那幾位很極端的人，給我很好的寫作靈感。看他們擺盪在「無邊情緒中」時，我就自然會處在「自我檢討中」。

雖然我也不是一個完全理性的人，但我很怕的是某種無所作爲的感情氾濫。

只活在一種沒有出口的情緒當中，然後，把哀嚎與抱怨當娛樂。

她就是箇中翹楚，小我幾歲，但也早就是中年了。

她抱怨著她的乾眼症。因爲醫生直說，有乾眼症其實是年紀大了的老化現象，也是前更年期的現象。

說著說著竟然哭了，「我好擔心我的生理期再也不來……」

「請問，你擔心更年期就不會來嗎？」

「當然不是……」

「那你爲什麼要擔心成這樣，它總會來。」

「我不相信我老了……」

「不管你相不相信，老都會來。」我說。

「你這個人怎麼這麼冷酷？」

「我……」我又氣又好笑，我還比她大，如果我眞的要煩惱的話，應該可以登上比她更値得安慰的優先順位吧。

「我的白頭髮越來越多了……」她繼續哀嚎。

「我──也──有。請問誰沒有啊？」

「我得染髮，有白髮留長髮就不好看了。」

「我早就在染了。」我說。而且我自己染得又快又好。

而且，光是乾眼症，她不只哭一次，白頭髮滋生也哭過兩次。

「我每次哭，都會有女人陪我哭，你不是女人！」

「奇怪，爲什麼要哭？要讓我哭，還眞不容易！」

眞抱歉，每個人的淚水用法不同。我通常會在感動於某些人，尤其是他們不顧一切的向上精神時，淚溼眼眶；我確實不太喜歡跟人一起「楚囚相對」，一起流不爭氣的淚水，哭完算了。

這不是我的人生，如果我從小就哭完算了，抱怨完算了，哀嚎完算了，那麼我現在的人生再怎麼糟也該就認命算了。

當她在訴苦的時候，好像覺得用淚水就可以解決所有問題。也許，她習於用「淚水」來當武器吧。她的確用淚水得到許多，也許她從小貌美，知道當一個「我見猶憐」的女人，可以從英勇的男人那兒得到很多。

呵，我就是沒有這個福分啊。

我知道唯一有用的是「解決」。淚水或許可以央求某些人的憐憫，讓別人見義勇爲幫你解決問題。但你不會成長。

某一陣子因爲工作的緣故，我必須規律性地見到她。

舉凡兒子頂嘴，老公講「我愛你」時不夠誠懇，別人家的狗生病了，家裡的親戚住院了，她都可以哭得浠瀝嘩啦，常嚇到我。

因爲她的淚水太充沛，我每次看到她，都越來越害怕。

還不只淚水讓我害怕。她對別人八卦的探聽欲也讓我害怕。

「誰誰誰是不是同性戀啊？誰誰誰到底有沒有小三哪？」她問的都是我認識的公眾人物。

「別人的私事，不關你的事。你認爲我可以回答嗎？根據我的職業敏感度？」

雖然，我老是這樣回答，她卻總是不厭其煩，也不怕碰軟釘子。

「你這個人怎麼這麼不近人情？」她碰到軟釘子時會這麼說。

我只能說，她大部分時間不必工作，有人奉養還眞的是很幸福。人在江湖，舌頭豈能眞的放肆。

如果，一定要有淚水、講八卦才是女人的話。就當我不是。

在我的印象裡，由於衣食無缺，幸運的她只有靠「講話」來生活，從來沒想過要解決任何問題。

直到我離開某個工作，不用再看到她的淚水，我覺得人生的障礙少多了。

這一種是比較極端的淚水腔腸動物。

另一種腔腸動物更多：人生沒有進步的原因是總把問題往外面推，從來不肯親力親爲思考解決。從來沒有相信過，自己可以改變些什麼，未曾想過「只要我自己做什麼，我就會比較快樂」，只每天想著「只要別人怎樣……我就會快樂了」。

這樣的人不少：像感情的腔腸動物——就拿海葵來說好了，一碰到外在有狀況，馬上把自己蜷縮起來，兀自緊張、痛苦、焦慮，躲進某種不動狀態中，不移動，有什麼反應什麼，過了幾千萬年也沒有什麼進化。

腔腸動物，是一種一直自願停留在低等動物階段的動物。

有時想想，過了半生，我也許也沒有活得太好，但至少沒有變成自己討厭或害怕成爲的那種人。

如果這是全世界人的問題，那就不值得煩惱，因爲你煩惱也沒用。

任何問題都不必用來做情緒上的自虐。應該想的是：是不是可以解決問題。

如果這問題不可能解決，那麼，就只好接受那個問題。然後，企圖讓自己過好一點。

任何經營者最害怕的一種員工就是，幾乎都沒有思考怎麼辦，就「馬上反應」的員工。有的，並不只反應現實問題，還會馬上反彈，反彈的都是情緒性問題，比如「萬一」、「如果」、「可是」……。

他們想的是「萬一怎樣，我可以不必負責」、「如果怎樣，就做不成了」、「可是一定有什麼事，阻止我完成」……

創造的問題比解決的問題多。

卻抱怨著自己是千里馬沒有遇到伯樂，良臣沒有遇明主。

我也看到許多人「勉勵」年輕的孩子，最好二十歲就要立志找到一個有「保障」的鐵飯碗，這樣就可以安穩終老，用同一種反應，同一個方式活下去。換一種正面說法，叫平安是福、知足常樂，像腔腸動物一樣簡單地吃喝拉撒睡，卻沒有體悟到：這幾十年的人生沒有進步就是一種退步，浪費得奢侈且可恥。

或許每個人的人生有他自己的任務，但腔腸動物——當外在環境劇烈改變時，牠只能安靜地坐以待斃，並無任何選擇。

不要被淚水淹死啊。

人生，一直在找出口，找生路，找解決方法，當然也很辛苦，但是，如果可能，我仍選擇如此。

一生靠自己掙來，豈不是最暢快的嗎？

真愛是且行且珍惜

人生啊，並不是短跑，是馬拉松，是「死而後已」的路，沒有確定的公里數。

某場喜宴中，我坐在一對婆媳旁邊。

這一對婆媳，氣質非常好。

婆婆和我聊起天，她擁有一家醫院，生的兒子女兒全是醫生，娶的和嫁的也都是醫生。

即使到了健保時代，臺灣最難考的也還是醫學系，他們家眞是優秀得讓人瞠目結舌。

婆婆指著媳婦說：「她了不起，生了孩子之後，放棄醫生的工作教養小孩。我的孫兒也很聰明，二歲就開始讀書識字，四歲半進小學，八歲小學快畢業了……雖然年紀最小，都考全班第一名。」

眞的……優秀得讓人嘆爲觀止了。

聽到這麼厲害的案例，家裡有學齡子女的母親，應該都會捏一把冷汗，自慚起來。我當然也不例外。

想想我們家那個念幼稚園大班的小孩，我們眞的在智力發展上差很遠。不久前，老師還問我們：這孩子因爲早產，所以不得已被往上一個學年提的（也就是本來要上小班，結果一去就包著尿布上中班）。要不要特別申請一下，讓她留級一年，以免以後念小學趕不上大家？

我們兩個人完全沒討論就異口同聲（還眞很少這麼意見完全相同過），就讓她將就跟著念上去吧，就算最後一名也沒關係。因爲她的同學如果都直升小學了，而她留在大班，她的心靈一定會受傷。

她很喜歡她的同學，這最重要。

她是個開心的孩子，從小沒有被阻攔過表現自己；她也是個講理而不暴衝的孩子，我認爲那是因爲家裡從小沒有人用「罵」的方式嚇阻她。

雖然，她到現在恐怕連一到一百都沒有辦法一個人清楚數完。

像我這種從小自以爲聰明，求學時只要「有努力就會通過考試」的人，「小」的時候，也曾經幻想著是不是會生出天才。

結果，經過了懷孕中期後各種併發症發作，早產了兩個月的孩子以及我，都在醫生妙手回春下才活過來，我每天祈禱的內容越來越「卑微」。人家是從「只要孩子健康就好」爲基本願望，我是「只要孩子能活下來」就好。

上帝眞的聽見了我一千萬次的呼喚。所以，她出生後兩天，開始會動了；通過層層生死關卡與檢驗，她變成一個活潑健康的小女孩。

由於早產兒的腦部中重度出血，當時腦神經醫師一直擔心的腦性痲痺和運動神經元受傷，後來，都消失了。

這是我當時寧可賠上自己一條命也想要換到的，她的健康。

她若考最後一名，我當然也可以接受。

我明白，我不可以貪心。我的承諾是，要讓她變成一個有生存能力的孩子，能讓自己活得開心的孩子。

當她變成一個情緒平和，沒有智能障礙，也很愛笑的小孩時，我已經覺得自己中了十億樂透彩。

我和她，我們這撿回來的小命，不活得充實快樂點，那就太對不起上帝了。

我相信的是，一個快樂的人，才能夠帶給別人幸福，且不要太早戴上什麼「做大事做大官」的大帽子吧。

常常看著孩子身邊的父母緊張兮兮地買《我是這樣把孩子送上X大》之類的書來讀，一直想著如何改進教養方式讓孩子更能發揮「潛能」，我這個媽媽顯得「格局」與「遠見」都不夠。

我只有三個原則：

一、觀察，陪伴，不要爲她決定太多事情。

二、不要讓比較心影響我和她的感情。

三、不要把我自己沒完成的夢想全部丟到她肩膀上。自己的夢想自己實現！（說眞的，我好想對那些過度嚴苛控管、望子成龍的人說：喂，你自己先飛上天當一條龍嘛，好歹要來個上行下效！）

對於人家的孩子是天才，一跳再跳、一直跳級這件事，我雖然讚嘆（不想當酸民），並沒有企圖追隨的心理。

我不喜歡各種「跳級」，因爲我在江湖中打滾多年，心裡明白：人是最需要同齡朋友的。獨生子女更是需要同伴陪伴。爸媽再好玩，你還是會發現，有小孩一起玩，她的表情和心情不一樣。雖然小小孩可能十分鐘會互相推打一下，會搶東西，但是他們還是會玩在一起。

我們不都是這樣長大的嗎？能跟同學玩是多麼高興的事啊。爲什麼長大之後就忘了當時心情？

對於那些自認爲很優秀，不相信學校教育，辭了職回家當全科老師教自己孩子的，我也實在不相信孩子會眞正「各方面發展良好」。

我有一位十五歲就上大學的朋友，他說，當人家都在談戀愛，而他卻被當成愣愣的小書呆，還眞是不太好受。另一個女生，因爲跳級比同學小上兩歲，她的確是個天資聰穎的人，也生了天資聰穎的孩子；但當了媽媽後，她發誓絕對不要小孩跳級。以前年紀小，爲了企圖融入大家，她變成一心想要討好大家的人，不斷掩飾自己眞正的感覺與想法。在中年之後，尋尋覓覓才找到自己。

人生到了下半場的我，回頭看看最前頭的那四分之一場：我也是一路在學習路上微笑順風而行的人哪，當時的我可以說是會考試到「太喜歡考試」的地步。我還曾經「很不經意打開成績通知單，竟然發現我考了北一女模擬考全校第一名」呢。同時，我也從來沒有犧牲睡眠讀過書。

我自以爲聰明。

可是，又如何？後來入了社會，打擊很深；談不好戀愛，內傷也深；學習智商和情緒智商還眞是兩回事。

因爲自己各式各樣的反應錯誤，吃的苦頭只有自己算得清楚。我終於發現自己最大的競爭者與絆腳石，不是別人，而是我自己。

獲取文憑的智商和在社會上好好活出自己的智商，交集很有限。

人生啊，並不是短跑，是馬拉松，是「死而後已」的路，沒有確定的公里數。

先跑，跳著跑不會贏。

贏了別人的也沒能眞正贏多少。所謂優秀就只是比跟你同一個田徑場的人快嗎？我們的一生肯定不只是在與他人的比賽。

這也是我人到中年比較看得懂的事情：

珍惜能夠互看、互相微笑的時間，而不是一直提醒著「嘿，遠方有什麼，我們趕快追過去，快、快、快！」

我們的人生最珍貴的片段都存在於細微的感觸裡。所謂的記憶是感受，所謂的經驗是領悟，所謂的幸福不是飛奔疾馳把別人拋到腦後的成就。細嚼慢嚥與匆忙吞下，吸收的，每個人的心中自有最適合他生存的節奏，那不是除了自己以外的人可以決定的。

我只願「且行且珍惜」，讓我的手心，眞的能感覺孩子的溫度，我要不疾不徐，這樣微笑陪伴著。

正是這樣造就了我

某一扇門被痛苦關上，而遠處，必有一扇窗。從門到窗，甬道或許很長，但是，往前走就對了。過去，就放在記憶裡，別讓它為難你，也別讓自己為難它。

有個年紀差不多的朋友，她的人生路比我坎坷得多。

她的人生很像現代版的灰姑娘。自幼喪母，打從有意識以來，繼母就讓她工作、工作、工作。小學時就要到市場擺攤，因此練就一番招攬生意的口才。父親做生意老是失敗，繼母就要她幫忙家計，中學時就輟學，假裝她已經成年，在當時非常風行的聲色場所當女侍，當串場主持。

她告訴我，即使到現在，她還會從噩夢中驚醒。夢見自己衣服穿得很少，站在色情場所的舞台上，台下阿伯大聲對她叫囂：脫呀、脫呀，快脫衣服！然後她開始奔逃，只是不管往哪個方向都碰壁，只看到手，好多雙手急著撕裂她的衣服，她在尖叫中醒來……

人生的夢魘很難去除，不管你是否已經遠遠脫離那個牢獄。

她奮鬥了很久，才把自己變成了一個表演界的「品牌」，一個有資格昂首闊步的明星。每一年，她都會固定跟少年時期一起在困境裡搏鬥、情同姐妹的二個友人聚會，每次都是按照「一樣的程序」進行：叫一瓶烈酒，三個人一起邊喝邊敘舊，其中一個人先哭了，後來三個人一喝茫了，大家抱頭痛哭，直到她們的先生把醉茫茫的太太扛回家……

都有了幸福家庭，但過去的傷痕，像不好看又潮溼的微生物，還是藏在心靈底處作亂，想忘不能忘……只能定時拿出來曬一曬，以免它在陰暗處繼續滋生。

偶爾憶舊遣悲懷，也很健康。就是不要太常。

每個人都有他的「夢中咆哮」情境，我也有我的。童年過得不太開心，少年時期因爲很早獨立離家過得辛苦，青年時期因爲自己的莽撞與任性，所以試過很多「早知道絕對不要這樣」的錯誤。有我對不起的人，有對不起我的人。

有許多年，在夢中我常對一個特定的長輩生氣，因爲這個人自己無法控制他的喜怒哀樂，一再把幼年的我逼得也像個不知道該怎麼自處的「灰姑娘」。他在夢中也老是爲難我，我偶爾會在大叫中半夜坐起；也曾經夢見我手持利刃把他殺了，然後自己愧疚不已一直在想：怎麼辦？這樣不對吧？現在糟了，我該自首嗎？

尖叫醒來，渾身冷汗。

這個噩夢大概在三五年前逐漸淡出我的生命。眞正的原因，其實是因爲我跟自己談妥了、溝通好了；而我也比較明白事理了，成熟了。成熟了（是「老了」的比較正面說法），懂得處理恨意了。

面對愛，可能來自天性，而處理恨，需要的是自己的領會。

「就是這樣造就了我啊。」我對自己說。

我們不是可以這樣想嗎？

就是因爲被譏諷和看不起，所以知道要靠自己。

就是無依無靠的感覺，造就了我的獨立。

就是因爲不管怎麼討好還是失敗的感覺，成就了我的果決。

就是因爲一直擔心沒飯吃，所以訓練了自己的謀生技能。

就是因爲怕沒錢或曾經被掏空，所以學會了如何理財。

就是因爲辛苦，所以懂得珍惜。就好像：牙若不痛，你不會感謝它曾日日效命爲你做的功勞；胃若不痛，你還眞不知它在。

然後，漸漸明白：

無論你遇見誰，他都是在你生命中本該出現的人，就算他帶來的是災害。

無論發生什麼事，那都是對你生命有意義的事，只是現在還未能看出來。

即使事情在最意想不到的時間點發生，都是它該發生的時刻。

已經結束的事，就是本該如此，大家無緣。不用「早知道」，正如不用懷想舊情人，因爲你若選擇跟他在一起，不會更好。

如果你沒有更好，沒有任何過去的選擇眞的會讓你更好。

我這麼說，並不是認命。

我認了過去的命，但並不願意認未來的命。

過去是註定好的，未來並不是。未來還在跟我們持續互動中，不管我們幾歲。我們仍然握有某種「盡人事聽天命」的決定權，或許有時未如人意，但我們自己的掌握度不低。

每一次，有周遭的朋友（她們當然比我年輕許多）生了小嬰兒，我都爲她們感到十分歡喜。有一次朋友問我：如果早知道小孩這麼可愛，你會不會早一點多生幾個？

呵，如果這世界上眞有「早知道」的話，有可能。但是，事實上，對我來說，現在這樣比較好。

雖然我這過程是下十八層地獄般的慘劇，先是打了幾百支針，懷孕中期得了血壓不斷往上升、什麼藥也擋不了的妊娠毒血症。其中一個孩子心跳停止，可能是因爲免疫系統啓動的原因，腹水從血管中湧出；讓我像童話裡那隻肚子被塞了七個大石頭的狼，又渴又不能走動，且最後幾乎難以呼吸……產後還因爲失血得了敗血症。一直到現在，我的高血壓也要靠藥物控制（如果我不遵照醫囑的話，醫師說，再過十多年我恐怕就是洗腎病患）……凡此種種，我並沒有後悔沒有早知道。

以我這種從小並不立志要當賢妻良母的人，不可能「早知道」。

如果「早知道」，也可能覺得自己是不得已的，不會「早幸福」。如果不是我已經漸漸成熟到這種地步，我的孩子也不會過得像現在這麼好，每天燦爛笑著。

媽媽對她的諾言就是：「什麼事都好好講」、「不強迫她」、「不用自己的情緒左右她」……這是中年以後的我才做得到。

如果讓我早當媽，我恐怕是個可怕虎媽，三十五歲以前，我還眞的曾是一個動不動會被不高興的事情翻轉情緒的自以爲是的「少女」。

而且，中年之後的我，已經脫離經濟困窘期，可以比較有餘裕地把我們生活上的各種事情處理得好一些。就算不是全對，也比較像一艘在平穩海域裡航行的大船。

換個角度想，如果我是我的孩子，我要選擇的是「現在這個時候來當我媽媽的媽媽」。

至於我所經歷的風險，我常自嘲是「活該倒楣」，做任何事情，天生萬物都有「期」，彷如春天的花會開，秋天的葉該落，我這麼晚才想做，那麼，多受點懲罰也是應該。

還好人還在，復原之後，調養之後，還是「活龍一尾」。

我不能一直在想失去的任何東西，任何「可以得到比較多，過得比較舒服」的可能。

我必須感激的是，那些困難必然帶給我什麼。

當時幾乎不能呼吸，感覺自己在生死邊緣徘徊時，我在內心祈禱：「是的，讓我受苦沒關係，請在將來告訴我，這一切都自有它的意義。」

這是我體會到的活在當下。

某一扇門被痛苦關上，而遠處，必有一扇窗。從門到窗，甬道或許很長，但是，往前走就對了。過去，就放在記憶裡，別讓它爲難你，也別讓自己爲難它。

別再怨過去。好父母好環境會栽培你，不好的家庭和環境則會造就你，那個決定要不要被栽培和被造就的，其實都只有你。

找難點的事做，過舒服的活

我常跟朋友自嘲，人努力了老半天，卻在本來以為可以享福的時候，享受到的是控制。

大概除了研究所時念齊邦媛老師的「高級英文」讀希臘神話外，這麼多年來，我最認眞查英文字典，是前一陣子考英國烈酒WSET二級的時候。

我向來對酒很有研究興趣。這又跟當年考中文研究所時的自選專業科目有關，我考李白詩（另外一科，考的是荀子，這完全兩種極端風格證明了我個性中的分裂傾向），《將進酒》、《飲中八仙歌》，還有我最喜歡的「兩人對酌山花開，一杯一杯復一杯，我醉欲眠卿可去，明朝有意抱琴來。」總之，那些喜歡酒的古人，像陶淵明、像李白，都是個性很可愛的人物，於是我成爲我們家族中第一個愛酒的人。

我家的人大概都只有吃麻酒雞時會意識到酒。

我酒量天生也不壞。

年輕時，曾經交過一群愛喝的文藝界朋友，我好多次在聚會裡看到大家喝到醉茫茫時，自己則清醒離開，從未被人扶過送過。「我看著她當我的面喝了半瓶威士忌，面不改色……」我的畫家友人曾這樣描述對我的印象，那時我還當是讚美呢。

寫稿時喝點烈酒，尤其冬天，是一種享受。喝了酒，有點微醺後，我會感覺世界忽然沉靜，眼前只有一個想要寫出什麼的自己。原來古人所謂的斗酒詩百篇，只是稍稍誇大，卻不是騙人的。

喝完酒後，我的心情安靜無波，思緒十分清晰，本來有些小小困擾也不見了。這世界，只剩下我和我正在完成的稿子。

以前用稿紙寫字時，寫到最後一行，常是歪的，因爲那時候已經喝到昏。

雖然我喜歡烈酒，但也不是眞的酒精愛好者。總是有挑的，除了四十度以上的烈酒之外，我只喜歡紅葡萄。

後來決定「酒量再好也不能狂飲」，的確是因爲受到教訓。有一陣子瘦到只剩四十三公斤，自己還很得意，忽有一日看到自己眼白變黃，拍所謂宣傳照時，天哪，沒修片時眼袋像丘陵，才悟到此事大大不妙。

已悟到我的確沒有年輕時對酒精的「新陳代謝」那麼好。

我還是沒有完全戒酒，我只是相當控制。

但懷孕時當然沒喝。生產後慘了，血壓是比最慘的時候低了些，但從來沒有恢復正常值，所以，更需要控制。

我常跟朋友自嘲，人努力了老半天，卻在本來以爲可以享福的時候，享受到的是控制。

中年之後，明白掙來的錢是眞有用，但卻不能任性用。爲了「活得久」，吃的有限，年少時吃不起美食，等吃得起時，很多東西還眞不能吃。

中年人，不管有沒有功成名就，實在沒有那麼自由。我們聽過太多同年齡英才意外早逝的故事，比如一忙完回家，在浴缸裡泡個熱水澡享受，怎麼那麼久沒出來，原來人走了……不過四十出頭……

噢，扯遠了，我不是來談酒的好處，也不是來談養生的。我要談的是我和酒的大夢。

我相信在一兩千年前，當人類發明的娛樂還沒這麼多的時候，酒安撫了很多人的無聊和愁苦，也擔任過藥品的功能。有些酒，比如琴酒，剛開始就是當感冒藥用的。

我曾經異想天開想要買釀酒廠。

研究之後，才發現釀酒眞的難，要靠天吃飯。有的酒，如吟釀，要大量勞力；而且，光蘇格蘭壺型蒸餾器那一大組設備，市售就要兩億。呵，不是我夢想得起。

我糊里糊塗開了餐廳後，就明白我的夢想有時應該要「適可而止」。然而，我的心中就是有著一個頑固不死心的靈魂，好歹沾個邊它也可以稍微閉嘴，於是我對自己說：既然不能喝多，研究這個東西總可以吧。

然後我輕鬆考了WSET英國烈酒執照第一級，接著考第二級。哇，看到那本上面畫著好多釀酒機器及好多專業用語的原文書，我差點沒暈倒。

這跟我當時唸EMBA「管理會計學」的時候很像。沒修過初會、中會，就學管會，剛開始還眞是天書，一邊念，一邊感覺自己的頭髮正在變白。

唯一可以使上的就是硬功夫：一行一行讀。

雖然一邊跟自己說，「你是哪來的閒功夫找自己麻煩」、「考這個鬼執照眞的有用嗎」，但還是一行一行讀。

我查字典查到眼都花了。說眞的，有好多單字還眞是一輩子沒見過的。很難，也有埋怨，但是我心裡還有另一個聲音在說話：

我眞高興，難的又來了。

那是一隻飢渴的、一直想要吃掉比較耐嚼東西的獸嗎？

我想，應該是。

牠始終藏在我心中，要我去不知名的地方探險；始終提醒我，人只有活一次，你錯過這一次，未必有下一次；牠也常在呢喃：快餵養我吧，給我新鮮的肉吃；牠也常在慫恿：怕什麼，你沒什麼好損失……

當我被困於雜音時，牠也常出來撥亂反正：聽我的，那些人都跟你無關。

當我想要偷點懶時，牠還會對我說：再一下子，再一下子，你要有耐心，再往前走一點，沒用的東西！

某次我聽到一句叫做「生前何必多睡，死後必定長眠」的話時，笑出聲來，因爲太像「牠」在講話了。

因爲牠，我常常要自己離開舒適圈，做一點挑戰自己的難事。

也就因爲挑戰自己的這些事，我變成今天的我，活得還算豐富，至少還沒有活成年少時自己不想活成的那種人。

然後烈酒二級也考過了。

接著牠又對我說：爲了怕忘掉那些英文，那葡萄酒二級也來順便考一下吧。然後，也過了。我講得很輕鬆，只因不想細述過程。呵，沒那麼容易。

＊＊＊

說起那匹獸喔，之前也要我考過EMBA，上國家音樂廳跳過佛朗明哥舞，演過要背三萬字的舞台劇，要我轉行當主持人，要我始終不能放棄當作家，要我去學陶藝，要我考潛水執照，玉石鑑定，考咖啡師，要我去學攝影，要我去南極……

這些，中年的我都還可以理解。我最不能理解的是約莫三十六歲那一年我堅持要去滿是鯊魚的水族館，下大魚缸拿死魚餵鯊魚；當鯊魚故意對我這個陌生人衝過來時，我用最狠的話咒罵牠，還罵了發神經病的自己，可是水中只能發出嗚嗚嗚的聲音。

其實，更早。打從十四五歲時我一個人離開宜蘭的家，到臺北來求學，牠可能已經是一隻煽動力頗強的幼獸。

從我很愚蠢茫然時，牠的行動能力就極強。

我忘了說，還有我的馬拉松。

這輩子我從沒想過我會想跑馬拉松。

本來只是每周五公里跑健康的。然後，牠叫我每周準時報到，又覺不夠，又變一周二、三次。

「你知道嗎?不能跑之後就是不能走,不能走之後就是不能坐,不能坐之後就是只能躺,只能躺之後就是……」

魔音穿腦,牠恐嚇我。

不、不,我不要……我家族裡的長輩,都算長壽,但問題在於,遺傳性的高血壓會引起血管性失智與中風,讓大家在去世前都躺了很久……我希望自己能站多久算多久……

我本來是個全校接力賽沒有人會選我參加,跑四百公尺就昏倒的文弱書生呀。

不知什麼時候,牠竄了出來,唆使我的運動魂。

先是完成兩個四分之一馬,十公里多。牠對我說:變簡單了,再找個難點的吧。

於是我糊里糊塗在活著的第五十年報了一個四十二公里馬拉松慶生。

京都馬。

剛開始我和一位也不太有鬥志，但年齡只有我一半的朋友報名時，我們相約，只要跑完十公里，我們就去吃拉麵，看當天熱鬧的手工市集就好。

不知爲何，約定後，我心裡沒有變輕鬆。好像一直聽到牠在嘀咕些什麼。

第二天早上，我們出發時，我不知哪根筋不對，轉頭對這位年紀只有我一半的友人說：「我決定試試，能跑多久就跑多久，我——想——跑——完！」

她睜大了眼睛看著我，以爲我瘋了。

結果是：京都的路眞是高低起伏得可怕，我跑了二十八公里，在撞牆期無法突破，兩腳像被綁了鉛塊，眞的舉不起來了……坐上了回收車。

說眞的，我都被自己的拼勁感動到哭了。之前，我最多也沒跑過十公里呀。

上了車後，我竟然聽到牠還對我說：眞可惜，都已經超過一半了，如果能跑完，不知有多好？

還好，我心裡還有一個慈母般的聲音出現：你盡力了，你年紀不小了，你不會想要因爲企圖跑完而發生意外吧……

這兩個聲音，在我心常常在對話。一個很會驅使人，有時也殘酷；另一個很會安慰人，享受人生，不時想讓我浪漫一下，活好一點，不要累死自己……後者還滿能評估我的斤兩，會喊：「這樣可以了！」，給我一個休止符不讓我做什麼太超過我能力的事。

多虧這兩個聲音，在我最難熬的時刻，沒出現過「你完了」、「你毀了」、「你不行了」、「太難了你做不到」的喪鐘音響。

百分之九十九的時刻，我是不打算花時間自苦的。自己當然不能爲難自己。

他們是我的兩條手臂。

我希望，在我還有力氣的時候，我還在尋找著「耐嚼」點的事做，也過愉快一點的生活。

自己打拍子自己活

當你習於一件別人認為是苦差事的事，便會漸漸地投身其中，不知不覺之間，漸漸地這件事變成了你的興趣與喜好，工作與娛樂變得分不清楚。

杜甫在中年以後，很難得度過了一小段太平歡樂的鄉居歲月。《江畔獨自尋花》這春光爛漫的組曲裡頭有一首絕句：

不是愛花即欲死，只恐花盡老相催。
繁枝容易紛紛落，嫩蕊商量細細開。

四月初，陽光天氣，我在東京住處附近的櫻花河岸閒坐，櫻花雨落在肩上，忽然想到年少時的這首詩。當時，我是讀了，但沒眞懂。

現在忽然懂一些了。

在那個戰亂頻仍，天威難測的年代，能擁有這樣的片刻時光，是窮苦文人一生中難得的奢侈。

或者只有在繁華落盡，放棄了什麼，看清了什麼的中年，才明白什麼是嫩蕊商量細細開的美。

我這樣在櫻花樹下寫著，打開筆記型電腦，在鳥鳴和落花中寫著，或許有人覺得刹風景。但對我而言，當櫻花落瓣掉在鍵盤上，我因之目眩神迷地微笑了。

＊＊＊

我不是一個喜歡跟著大家打著「慢活」口號的人。

事實上，我做事效率一直都很快，也總有著某一種果決。

但是，這種果決絕對和年輕時不一樣；更堅定，但是也比較柔軟。

話說，人在成長過程中，所有的行爲反應都是自己與環境交互作用的產物。從我開始擁有自我意見的那一刹那起，我對自己確實處於「嚴格要求」的地步。寫作，寫不好，那麼就學王獻之，把水寫光，一天寫個二千字練筆，也從事了二十多年了。

當你習於一件別人認爲是苦差事的事，便會漸漸地投身其中，不知不覺之間，漸漸地這件事變成了你的興趣與喜好，工作與娛樂變得分不清楚。有幾天放自己的假之後，會覺得很痛苦，面目可憎，深知若沒有它，活著好像遊魂。

不管你做的，別人覺得好不好，受不受肯定，這件事情和你的魂魄已經上了黏著劑，共存共榮，無法失去。

學會把自己做好也是一樣的。

這些年來我觀察的是，和我一樣個性的中年人，那些有一點成就的，都是「習於高度要求自己」的人。他們做什麼事，雖然說是用來放鬆，或者也不是主業，卻還是想要用一樣的方法要求自己，這種「非如此不可」的旋律其實也不容易從自己的靈魂裡除去。

比如，爲了放鬆打高爾夫，結果要求自己在球場上也要贏，不惜把自己鍛鍊成運動傷害；開始跑馬拉松，結果上了癮，一個月跑四個馬，還要要求自己成績越來越好。

當然都有人勸告，但我的瘋朋友這麼說：「可是，要我擺爛，我就是辦不到。」然後他們在公司治理上，也會痛恨那些擺爛的年輕人，嘉許那些有自己年少時咬緊牙關影子的人。

我其實也還是這種人，只是經過了一些歲月磨練，已經明白，什麼要「細細開」，什麼要醞釀，什麼要「忍一下才會圓」。我相信的仍然不是「船到橋頭自然直」，但是會暫緩一下自己的急性子反應，看會不會比較不「彎」。

我曾經是個要求自己要求到有點緊張的人。剛入社會時，我走路都握緊拳頭，幾乎每天都用「腎上腺素」應付所有工作難題。

這還是友人告訴我，我才發現的。

這大概是中學後當了學校的資優生，「老是感覺有人在看自己」的產物。後來進了演藝圈，更加強了「就是有人在看」，所以長期在某種緊張下過活，幾年前復健醫師曾笑著對我說：很少看到肩膀這麼硬的女人。

除了肩膀硬，我還很容易生氣，生「怎麼會遇到你這麼不努力的咖，你怎麼都沒有自覺?我眞倒楣」的氣。

花了很多年，我才把拳頭鬆下來。

體會的是這幾件事：

一、別人有別人的節奏，不關你的事。（當然，除非他在你公司工作，而且很離譜，如果是這樣，他可能是錯放在某個位置，請祝福他找到適情適性的工作。）周瑜氣死不値得，因爲生氣改變不了什麼。

二、再怎麼忙，緩一緩，別忘了暫時走出自己的「快車軌道」，享受不一樣的風景。

三、跟自己好好談，找出一個自己不覺壓迫的方法來完成想做的事。

四、你的人生雖然是要往前走，但不需要只朝一個方向急急趕過去。

五、比起「一科一百分，其他都不及格」，不如做個「每科都及格」，維持平衡的人。

最後一個體悟，對於我來說特別重要。我是一個本來就會盡力的人，我必須學習在盡力之後，不去要求達到什麼預期的成果。

日本漫畫家高木直子有本漫畫叫《三十分媽媽》。她的三十分媽媽，家事做不好，工作做不好，忘東忘西，時有脫線演出，但是非常可愛，給孩子很棒的童年回憶；由於管得不好，所以管得不多，孩子可以適性發展，也學會獨立。

三十分的媽媽不太嚴謹，所以好相處。

無論如何，總比一個讓小孩變得很優秀、自己也一絲不苟的虎媽值得感激。

我目前所碰過值得欣賞的前輩們，所抱持的也都是這種「均衡人生」的理念，他們個個都是實踐者。

我認識的A女士，是一位氣質也很優雅的女性創業者。在她公司慶祝創辦三十年時，我與她聊天。她告訴我：「我是一個會盡力把事情做好的人，不過，如果要說起前半生，我真要遺憾的事還眞多。

前不久，我的兒子問我：媽，爲什麼那時候我那麼小就把我送去美國讀書？我剛聽這話，是有些不高興，因爲讓他中學就出國，其實是他爸爸決定的，怎麼推在我身上……這當然是我的遺憾，青少年時，他們就必須到異鄉獨自生活。我一聽，百感交集……我因爲自己的公司，沒有辦法陪伴在他們身旁。我兒子拍拍我的肩膀說：媽，你別這麼敏感啦，我只是想跟你說，雖然當時我活得有點辛苦，不過，現在我很不錯！」

她的兒子一個在金融圈工作，一個在當建築師。都有各自的成就。

話說，男性與女性的內心思考並不相同。她先生想的是「我把他們送到國外去，所以他們這麼獨立，而且可以放眼國際」，深信自己有遠見，而她還是會因「眞抱歉啊讓你們這麼早學習獨立」而暗暗受傷。

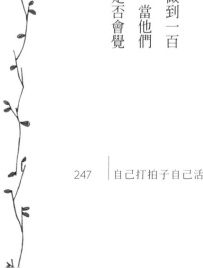

「我後來想想，其實，就算我盡力，我也沒有辦法把所有事情都做到一百分。中年後，我當然也可以辭去所有工作，就陪他們，每天炒菜洗衣，當他們的管家；但是我實在沒有把握，自己當家庭主婦會不會發瘋，而他們是否會覺

得有一個全力關注他們的媽媽很棒。我只能遠遠傳遞我的關懷，在有空時飛奔去擁抱他們。現在，時間過了，他們大了。只能安慰自己，結果，是好的，公司發展是好的，兒子是好的，我們的親子關係是好的，而我自己也活得好好的，我的自我並沒有因爲任何求全而扭曲。」

我要的是一個平衡的人生，她說。也許沒有每樣都做到盡善盡美，但我努力求得一個平衡。

或許這就是所謂的中庸之道，如果不想累死自己，犧牲自己，你也不可以過度削減自己，耗費自己。

活得是否舒適，決定在自己。如果活得不舒適，被你所期待的人再有什麼成就，也只不過能讓你快樂個幾天。

如果你完全沒有自己的時間，過得再繁華也很悲慘，是的，這是我的中年體悟。

我盡力做到媽媽可以做的部分，但有時我也會爲了自己溜開一下，比如，在無人識的櫻花樹下寫稿。

我的內心有一些空間只能自我滿足。

這時我離開軌道，讓自己慢下來——其實是完全忘記了原來的速度與前進方向，我享受春陽和在電腦鍵盤上落下的花瓣，我知道，我不太正常，而這麼賞花有點瘋狂。

但那就是我要的人生，屬於我的慢活方式。

我曾經享受過「兩岸猿聲啼不住，輕舟已過萬重山」的勵志派工作方式，但我也有「留連戲蝶時時舞，自在嬌鶯恰恰啼」的悠閒心情。

掌握速度與享受人生並不相悖，指揮的棒子，都在手上，看你握得好不好而已。

就看你，有沒有跟自己好好商量過，要用什麼樣的拍子進行你的生活？

我終於在中年時和自己好好商量了。

■ 莫以賭對邊論英雄

在努力裡頭，你找到了一個可以安身立命的位置，看到自己的重要性，也意識到自己確實有改變人生的能力。

有個朋友跟我說，選擇應該比努力重要。

他說了個故事：

有個友人，在二十年前覺得臺灣很不安全，賣了臺北的小店面，全家移民到美國紐約；廚藝本來普普的他，爲了開店刻苦學習廚藝，爲了要擴大生意規模，外賣隨叫隨送。二十年來，在路上被搶了十次，在貧民區被毆打了三次，終於攢到了一百萬美金，老了想告老還鄉，於是又把家搬了回來。

某日他行過故居，發現原來的那棟老房子，貼著出售的廣告，打電話去一問，足足要四億，他完全崩潰了。

這二十年，想來是白做工啊。

朋友說，所以囉，選擇比努力重要。

聽起來好像有點道理。但是仔細想來並不是如此，他只是在理財上賭錯邊，失去了「守株待兔」的發財機會；但是，如果不要只以錢財論英雄的話，他的人生多了異鄉的漂泊經歷，練就了一手好廚藝。光是帳本的數字增長，並不能完全抹滅這酸甜苦辣的點點滴滴。

他當初選擇的是更安全的環境，所以冒險到異鄉去。或許他的子女得到了更開放的教育環境，就算他當初沒離開臺灣，也不能保證這二十年來就一直待在原來的房子裡。每間房子因爲每個人的考量不同，比如想換個新屋，或想換個安靜不喧擾的住處，幾年轉手一次是尋常。就算他不出國，他可能走的路也很多。

我也看過，有人在大家不看好的狀況下出了國，結果成爲中華料理連鎖餐廳的大老闆，也有華人的第二代成爲YAHOO、GOOGLE、YOUTUBE的大股東和創始人不是？

如果你的心想飛，守在原地當屋奴也是一種極可笑的方式。

如果純粹論理財，選擇與方法一樣重要；如果要論人生的豐富度，選擇你最想做的事和爲其不斷努力，才是最值得。

就連「努力」的日文成語「一生懸命」，聽來也是艱辛到把命都用上了。

努力是苦的嗎？一般人常常這麼想。和努力相關的成語，什麼懸梁刺股、臥薪嘗膽、鑿壁借光，聽起來都有一番濃厚的澀苦味。

然後，偏偏又來告訴我們，人生啊是黃粱一夢、南柯一夢、世事一場大夢？

不能把努力當享受嗎？

多年前，當我改變觀念後，我自覺工作也可愛很多。

工作一定要跟快樂站在相對的兩岸嗎？如果是，那是因爲你並沒有太喜歡這份工作。

如果你喜歡一份工作，你自然想要靠學習讓自己變得熟練，想要每一天改變一點，讓自己的學習曲線越來越好。

努力當然可以當作是一種樂趣。

在努力裡頭，你找到了一個可以安身立命的位置，看到自己的重要性，也意識到自己確實有改變人生的能力。

就算是我們天生有興趣的事情，沒有經過後天的努力，這個興趣鐵定也深入不到哪裡去。

不要把努力跟苦連在一起，那是一把金光閃閃的鑰匙，打開我把工作當成樂趣的大門。

觀念變了，人就變了。

我大概是要到三十五歲之後，才會微笑著理直氣壯地坦承：我是眞的喜歡工作的！

四十五歲之後，我更會坦然自嘲：是啊，我是某種工作狂。

有時有人約我吃飯，我回答「這周很忙，下周也很忙」時，總會有朋友用有點酸的語氣說：「你別把自己累壞了。」「賺那麼多錢有什麼用？又沒時間花。」我也習慣不做什麼解釋。

我的行程表很難被臨時打岔，因爲除了「領鐘點費」（比如主持）的工作以及我自己創業的公司某些該做的工作外，還要把我想要的寫作時間，旅行時間，學東西的時間，放鬆的看書時間，還有照顧小孩時間，和運動時間全部排進去。

我也把我沒有眞的很喜歡，很累的事排掉，比如某些座談、演講，某些陌生的應酬。

並不一定很「累」，有的事情非常浪漫而且是必要的生活調劑。

我的觀念是：當我把我喜歡做的事情（說工作也罷）先排進來，我的時間就不會被一些隨意的插曲和不喜歡的事情打亂。

然後，不慌不忙。

延續著：「中年之後，時間越來越有限」的一貫理論，我才不要把時間花在不喜歡的事情上。

我手上也有幾個小投資。某些公司我只有小股份，也並非我的專業。當召開股東會時，我常選擇「我不去開會，有決議麻煩再告訴我」就行了，因爲我知道就算去開會，我的意見也不會重要到被採納，而我對這家公司的經營細節也不便干涉，或者，主其事者占有大部分股權，而且是相當專業的「漢武帝」或「武則天」型人，他們本身對於經營有相當把握，並不希望我眞的去講廢話。

如果我的出席只是去「秀」自己的話，我會感覺自己只像個「電子花車女郎」，還是不要去吧。

事實上，我每天睡七八小時，並沒有「累」，把「沒事做當快樂」的人恐怕沒辦法明白這個道理。

和不是眞的很投緣的人喝沒有主題的下午茶，在很多人看來是一種休閒與享樂；但對我來說，跟不投機的人喝個下午茶聊天，然後自己不小心變成了一個「是非傳播機」，比做什麼事都累。

對我來說，很多別人認爲是工作的事或苦差事，在我是一種像沉迷電玩的上班族宅男，一回家就想打開電腦那般執迷的事。

這些東西並不是天生就是娛樂，而是在投入很多時間研究和練習之後，變成了像娛樂一樣有吸引力的東西。

比如像跑步。不喜歡的會說「你好不容易才休息，幹嘛把自己搞得那麼累？」，其實跑完之後腦胺充足，精神十分愉悅，比躺在沙發上看電視，對我來說有休憩的效果。（我們做這一行的，看電視真的會越看越緊張。）

比如像讀書。不喜歡的人會覺得「出社會了幹嘛要讀書？自找苦吃？」但對於習慣讀書的人而言，書的確是精神糧食。

比如說寫作。不習於寫的，一定記得小時候被迫寫作文時絞盡腦汁的情形，但像我們這種寫了幾十年的，就算沒有人看，寫了就是一種精神上的放鬆。

如果沒有寫作這個出口，我應該早就瘋了。

選擇當然重要，但努力從來沒有不重要，只有投入自己，你的選擇才會變成興趣。

學習也是，雖然學習的最後可能常有個考試等著。比如我前不久考的咖啡師與玉石鑑定師證照之類。有的要練俐落手腳，有的要念艱深原文書，不過，因爲是自己想做的，又繳了不太便宜的學費，我還眞的得把通過考試當成興趣。

我有興趣的事情不少。既然人生只走這一遭，身爲人，可以有很多學習的機會，學到就當賺到。由於中年後學什麼並不是爲了要變成「專業人士」，學了又不代表你一定要天天撥空做，所以也沒有累到。

連考試也可以是一種興趣，其實。如果你習慣通過考試，那麼，你就會明白其中的竅門與奧妙。所以有些人可以胸有成竹地說：「我，就是會考試！」

＊＊＊

選擇當然重要。到了中年，最慘的莫過於是不能「去蕪存菁」的人。

我有位友人，小我三、四歲，身掛五家公司的總經理。飯從來沒有準時吃過，覺也從來沒有睡飽過，運動也從來沒有過，十年來，我眼看著他像吹氣球一般，虛胖到百公斤以上。沒時間照顧家庭，後來婚姻也吹了。

不久前，他跟我說：「我去做了身體檢查，醫生說我疑似鼻咽癌。」

我幫他打電話給父執輩一位對鼻咽癌很有研究的醫生。

本來愁雲慘霧，決心要「改變自己過健康生活」的他，在做了進一步的切片檢查之後，沒事了。

於是，他覺得人生也不必改變了，依然過著原來的勞碌生活。

在知道沒有生命威脅後，他更加把工作承攬在身上；而他擔任執行任務的每家公司，負責的業務卻有天壤之別。

這幾年來，他老覺得自己很倒楣，因爲旗下公司偶爾會被告上法院，或者是出了公安意外，讓明明可以賺錢的案子卻賺不了錢。他覺得上天對他不公平，但在我看來，常是他在應該做正確決定時，沒有做正確決定。比如，爲了貪便宜，沒有選擇對顧客比較好的方式來進行，或在安全維護上閉一隻眼馬虎帶過，或小氣到不想請律師把客戶條約好好擬定詳加說明。

說穿了其實是因爲，他太像一隻忙碌到無法思考的八腳章魚。

某一天，他又很沮喪地告訴我，他「旗下」的某家公司，因爲股東們覺得未來業務沒有發展的潛力，大家決議要「清算」，眼看著要失去一個工作，他抱怨著：「其實，這家公司還有一些現金，我們花費也不高，要『撐』個三年也沒問題呀……」

「撐的意義何在呢？」我問他：「撐下去，多賺這三年薪水？對你的人生幫助很大嗎？爲了什麼？」

我其實想說的是：如果你到中年，還看不清楚什麼該捨，什麼該得，每一種錢都想要賺，抱著一種「多撿多好」而不是把事情做好的心態；那麼，最終你還是會怨嘆上天對你不好。爲什麼這麼努力，還讓你失去健康，失去家庭，漸漸失去所有工作？

然而，中年的我也越來越委婉了，我對他說：「我應該跟你說恭喜，你應該把時間放在做自己最想做的事，而不是這裡也撐，那裡也撐！」

如果你眞的對一件事有興趣，我不相信，你的字典裡會浮出一個「撐」字。

選擇對，努力方向也對，我們的人生不會越活越虛弱。我們也會逐漸明白，自己能做什麼？又到底是誰。那些被你享受過的努力而得到的眞正興趣，醞釀了你生命中的豐盈與自在。

中年之後還有向上階梯

老就是老，我們只是盡力讓自己老得好，或老得還好看。但我們更應面對的不是「如何養老」問題，而是「如何活得更好」的問題。

「我最近生理期來，量變少了，請問醫師，這個和我把飯後吃水果改成飯前吃有沒有關係？」（48歲）

「請問醫師，我前幾天感冒去看耳鼻喉科，醫生說的耳內膿包，可能要手術？這和我二十歲前某一次跌倒，下巴碰到地上，耳朵流血是不是有關係？」（54歲）

「請問醫師，我最近站久或坐久了，改變姿勢，就會有暈眩感，去看過醫生，說我可能是內耳有問題……可是我年輕時不會這樣啊？」（57歲）

「我最近常常腰痠背痛，連走路都覺得很吃力，我覺得是因爲我二十多歲時一連生了好幾個孩子，沒有好好做月子就去工作了，所以才會這樣。說起我那個婆婆，她自己是女人，卻對我很苛刻……」（70歲）

最後這通電話，非很客氣而俐落掛掉不可，否則一定會變成萬里長城一樣的大抱怨……

在我主持的廣播節目中，有一個健康單元，邀請不同科別的醫師，談論各種醫學常識。這是我所聽過紀錄下來的幾個有趣問題。

顯然，大家都有一件不想承認，不想面對的事，就是「老」。

只能到處找「歸因」。

其實，醫師都坦言，就是老。你年輕時白髮當然沒現在多，你年輕時熬夜都不會累，你年輕時腰桿子一定挺得直……沒有任何該歸因的，我們的器官，就是用久了會老。

每一個人都會老，不是嗎？但是從這些例子看來，要面對老，顯然真不是那麼容易的事。

就算我有時會自嘲「老了，老了」，但是你真的要在公眾場合問我真實年齡，我會覺得那是一種惡意攻擊。

我真正明白什麼是老，是在四十四歲懷孕的時候。我真的很天真，以為自己一直是個健康寶寶，機能一定很健全；直到經醫師提醒，四十二歲以上接受人工受孕能夠順產者只剩百分之二，我才大吃大驚：天哪，已經時不我予了嗎？

運氣很好，沒有受太多折騰，半年內我成功了。然而，懷孕前五個月，我還懷著「我是少婦」的美夢時；某一天，豬羊變色，不久就躺在床上奄奄一息，病情變化之快速使我完全「兵敗如山倒」……（以上情節複雜，再提並不舒服，所以不再贅述。）產後更糟，我才體會，年輕還不是裝得來的。也千萬不要用「我就是很注重養生」、「我就是看起來不顯老」來騙自己。

在我這一段受苦受難過程中，也眞的聽過別人不是故意說的風涼話，當時來幫我忙的一位五十多歲太太就說：「孩子我們隨便要就有了，隨便生也很大隻，怎麼可能像你搞成這個樣子？」

天哪，她忘記她在三十歲前已經把好幾個孩子都生完，而我生第一個孩子時已是她生第一個孩子年紀的兩倍。

這是一種難以任何方式遮掩的「老大徒傷悲」。以前念過的「少年休笑白頭翁，花開能有幾時紅」，一定要到受到教訓了，才明白意思。

老了，又怎麼樣呢？我們又不是蠟像館裡頭的假人，不動最好？

老了，不代表你要休息了。很顯然，生於政府還要進行「節育宣傳」時代的我們，又走過各式各樣經濟泡沫的我們，並沒有辦法像以前的中年人一樣，安安穩穩在五十多歲時完美退休，用著想像中豐足的退休金過餘生。

我們還真是一位知名作家所說的「奉養父母的最後一代」和「被子女拋棄的第一代」，怨尤無用，子女們面臨的經濟挑戰和環境變化比我們更嚴苛，他們都自顧不暇了。環境和經濟越搞越糟，我們這一代本來也不是沒有責任的。

老，不易承認。就像我永遠不想走進百貨公司三樓以上的「中年婦女服購物一樣，我也死命保住自己和大學畢業時差不多的體重。我出門會化妝，以免變成黃臉婆，或讓習慣看我螢幕樣子的人問我：「你臉色不好，是不是病了？」說真的，我還曾因沒有化妝被電視台警衛擋住，問我「找哪位？」我答：「我是主持人。」他還偏著頭打量著問我：「哪個節目？」最後，我客氣地說：「不好意思，我沒化妝就來。」他還打蛇隨棍上，問我：「那你怎麼不化妝呢？」

智慧手機裡頭的美肌美人軟體，是本世紀對中年婦女來說最好的發明，相信常自拍的人不會有什麼異議。

我是個生活中粗枝大葉的人，我常想，我最該感謝我這天天要拋頭露面的主持人工作的一點，就在於：如果不是每天要見人，我一定蹣跚得不像話，皮膚皺眼眶深陷眼皮往下掉到眼睛都看不見。這個圈子啊，只要比常人平均胖一點，大概就只能當諧星。而我，又不夠好笑。

在留住青春上面，我只能做到「敬業樂群」。我身邊的朋友展現了比我更多的「留住青春」的本能，則令我嘆爲觀止：

我曾經看過初中同學在畢業三十多年後還裝著COSPLAY公主蓬蓬裙來參

加聚會，臉上塗著兩個圓圓的腮紅，大家讚她年輕，她仍然很得意，「我還跟我女兒都搶衣服穿呢。」也看過比我大十歲的太太燙著金色頭髮，穿著龐克衣著，搭著抽絲抽到不能再抽的牛仔褲開心逛街，其實我覺得她除了注意打扮之外，是不是也該把臉和氣質再弄得年輕一些。不只是女人，我身邊的中年男子不乏「四十五歲還是交二十五歲」，以換女友來不斷抓住青春熱力的黃金單身漢；一直哀求「介紹女朋友給我吧」，若你眞介紹一個三十多歲的給他，他還會不屑地說：「哇，我沒交過這麼老的。」他永遠不知道，他再怎麼懂得年輕女性心理，他還是一位大叔。

青春在生理上當然是一個山丘型曲線，老就是老，我們只是盡力讓自己老得好，或老得還好看。但我們更應面對的不是「如何養老」問題，而是「如何活得更好」的問題。

中年之後，階梯還是可以向上。

有位前輩作家丘引女士來接受我的訪問，她如今已近六十，人生過得可精釆。四十多歲時她陪女兒到美國，自己乾脆也去念美國成人高中；後來竟然又進了美國大學的數學系，去研讀她沒有及格過的數學。她說自己是學習狂，不斷地學，到處旅行，還曾臨時起意到有機農場做了兩個月的無酬義工，對於農牧業產生興趣，數學系畢業後更在網上修習生物工程之類的學分。

我問她：「你念了以前最頭痛的數學之後，得到了什麼？」

她笑說，的確沒法做什麼數學家，但是，本來以爲只能從事「文學專業」的她，忽然懂得了一種數學的美麗邏輯，本來對她關上門的「地球另一半的學問」也對她打開門來。現在她想修習什麼，想讀什麼，都沒太大問題。至今她仍優雅地帶著電腦，一有空就開始讓自己「上課」。

她說得很好。不爲什麼。年輕時候的學習，常是不得不，常是爲了得到一種專業，通過一種謀生技能的檢定；中年之後的學習，可以單純而愉悅，就是爲了滿足自己，窺知自己這短暫一生中可以明白的宇宙間奧妙可能。

我的父親在中年後也比他年輕時「猛」。六十三歲時他還代表參加了在印度舉行的世界杯一千六百公尺接力，得到銅牌。天知道，他當了五十多年的文弱書生，年輕時體力一向不行。

老了，就是老了。沒錯，但是不要對自己說喪氣話，也最好無視於他人對年齡的打擊。如果要的是中年後人生還能像階梯式成長，能站在我們既有的知識基礎上更上一層樓，那麼，我們永遠沒有理由對自己說：「老狗學不了新把戲！」

當我仍願敞開心學點東西，而不是每天拿過往無可查證的歷史在吹噓，我知道，我還在一階一階往上走，宇宙的門還沒有對我關上。雖然，我想走的路永遠不是我能夠完全走完……

作家作品集 CMH0072

從此，不再勉強自己

作 者—吳淡如
主 編—李宜芬
責任編輯—楊佩穎
校 對—吳淡如、楊佩穎
美術設計—蕭旭芳
執行企劃—張燕宜
助理企劃—石瑷寧

董事長—趙政岷
出版者—時報文化出版企業股份有限公司
（一〇八〇一九）台北市和平西路三段二四〇號四樓
發行專線—（〇二）二三〇六—六八四二
讀者服務專線—〇八〇〇—二三一—七〇五
（〇二）二三〇四—七一〇三
讀者服務傳真—（〇二）二三〇四—六八五八
郵撥—一九三四四七二四時報文化出版公司
信箱—一〇八九九臺北華江橋郵局第九九信箱
時報悅讀網—www.readingtimes.com.tw
法律顧問—理律法律事務所 陳長文律師、李念祖律師
印 刷—紘億印刷有限公司
初版一刷—二〇一五年七月十七日
初版十三刷—二〇二三年七月二十日
定 價—新台幣三〇〇元

時報文化出版公司成立於一九七五年，
並於一九九九年股票上櫃公開發行，於二〇〇八年脫離中時集團非屬旺中，
以「尊重智慧與創意的文化事業」爲信念。

從此，不再勉強自己
/ 吳淡如著-- 初版. -- 臺北市 : 時報文化, 2015.07
面； 公分. -- (作家作品集 ; CMH0072)
ISBN 978-957-13-6316-5(平裝)
855 104010925